入間人間
安達としまむら
JN075423

「安達ってモテるでしょ」
「え？ 全然。私、無口で愛想ないから誰も話しかけてこないよ」
「黙ってるだけでも絵になるけどね」
「それは、楽できて助かる」

『安達の好きなもの』

「彼女とデートなう。SNSに無許可で
上げないように」

「や、やってないけど」

「ま、せっかくだしこのまま撮ろうか」

「で、でなー」

「外国人の名前みたいだね」

『パリパリピロピロ』

『みろよくりすますのかがやきはあたたかい』

デザイン／カマベヨシヒコ(ZEN)

安達としまむらSS

入間人間

『かつて、黄金の時間があり』

『何度目かの始まり』

言ってから、立ち去ってから、そうだよなと思った。

暮らしたいから一緒に暮らそうと決めたのだ。一度口にしてしまえば、今までは運ばれていく貨物を眺めるような気持ちと距離だったそれが、自分の小脇に抱えられるようになる。自然にこうなった、とかそういう流れだったとか。それも確かにあったとしても、選んだんだ、と実感が増していく。

そうなるとどんどん、意識が弾む。これから訪れるであろう未来が明確に見据えられて、え、そうなるんだ、って喜びみたいなものが駆け巡る。じっとしていられなくなって、安達(あだち)の顔を見に行こうという気になった。なっていなくても多分、結局行ったのだろうけど。

カレンダーに記していた遠い旅行の予定を目にしたような、ふわふわした感覚、高揚感。もう夜中なのに廊下を行く足が軽い。

いつもの家、いつもの景色。いつもの廊下と当たり前の夜。

だけどこれからなにかが始まっていくのを予感する、そんな光が見えていた。

「なにかいいことがあった顔をしていますな」

浴衣姿(ゆかたすがた)のヤシロとすれ違う。季節が冬を踏んでいても風呂上(ふろあ)がりは平然と浴衣(ゆかた)一枚だ。妹あたりから貰ったのであろう、紙パックのリンゴジュースをちゅるちゅるとご機嫌に吸っている。嬉しそうだ。でもそれは、わたしもらしい。

遠くを見据えすぎて光り輝くだけのその瞳が、間近のわたしの変化を理解できるくらいに。

「あんたに負けないくらいにね」

「それはよかった」

ちゅるるー。頭を撫でてから、それぞれの目指す場所へとすれ違う。

ヤシロにそんなものないかもしれないけど、と笑って。

手のひらに残った水色の光が消えないうちに、ズンズンと階段を上っていく。微かな輝きを指先に添えたまま、その手でドアノブを摑んで二階の扉を勢いよく開いた。

部屋に飛び込むと、正座していた安達がその姿勢のまま飛び跳ねるのを見た。

相変わらず安達は、器用と不器用が混在している。それが見ていて飽きないのかもしれない。

「あ、しまむらかぁ……」

「よろしくぅ！」

勢いそのままに挨拶すると、安達はまず中途半端に首を傾けて固まった。目が壁を向いたまま固定されて、しばらく停止する。急に現れたわたしが無駄に元気なことと、なにをよろしくしているのか考えている。安達が手に取るように分かって、んふーと笑みが抑えきれない。

知らない安達もいいけど、知っている安達もまたいい。

つまり、みんないいのかもしれない。

そして情報を処理しきったふりをして理解を諦めたであろう安達が、曖昧に諸手を上げる。

「い、いぇーい」

「ヘェイ」

ヘイヘイヘーイ。

とはなんだろうと思ったのは、体育館で会話が途切れて少し経ってからだった。足の踏み場に困るように、無言に心がぐらつく。共通の話題というものがなく、無音が耳に痛い。救ってくれるのは、大分少なくなってきた蟬の声だけだった。

少し距離を空けて座る安達を見る。快適とは言い難い体育館の二階にわざわざ来て、いらない汗を浮かべては拭って、なにを思っているのか。良い言い方をすれば澄ました顔つきを崩さないので、なにを考えているのか測りづらい。口数は多くないけれど、話しかけるとちゃんと答えてはくれるので多分、嫌われているということはないのだろう。

そもそも嫌いなら、こんなところに来ないか。

隣にいる相手に嫌われているというのはあまり気持ちのいいものでもないので、少し安心。

そんな安達とせっかく、待ち合わせしているわけでもないのにここに二人でいるのだから、と話題を探している。話す理由もパッと浮かばないけど、話さない理由も出てこない。いつもなら面倒とかそういうものが先立つのに、やっぱりちょっと特別な環境が微かな意識を促しているのかもしれない。

他のクラスメイトが授業を受けているときに、体育館で、二人きり。

それでなにも起こらないなら、なんだか勿体ないように思えた。

共通の好きなものでも出てきたら、話が広げやすいかと思ったけれど逆にわたしの好きなものってなんだろう。

まず、寝ること。あとは卵焼きに、お好み焼き。焼いたもの多いな。それと……犬。

こうやってちょっと考えれば、いくつも浮かんでくる。

まぁ、わたしの好きなものなんて、今はどうでもいいんだけど。

暑いと思考が足踏みさえやめてしまいそうになる。でも卵焼きの話をいきなり振っても変な顔をされるか、一言二言で終わるだろうし難しい。ファッションとか使っている化粧品とか、そういうお年頃の話を振ろうと安達の横顔を覗いても、そういう匂いがしない。元の素材を大切にしているだけでいい味出ていた。クラスでは間違いなく、一番かわいい顔だ。

「安達ってモテるでしょ」

お互いの首が暑さのせいで反対方向に傾いたまま、適当に話しかける。

「え？　全然」

声はわたしたちの方を目指さず、体育館の二階をピンポン玉みたいに跳ねていく。

「私、無口で愛想ないから誰も話しかけてこないよ」

「黙ってるだけでも絵になるけどね」

「それは、楽できて助かる」

私の褒め言葉を本気には受け取っていないみたいだった。多分、本人は周りに好かれるとかどうでもいいんだろう。だから無頓着で、理解する意味もない。わたしもそういうの、分からないでもないからなるほど、案外安達とは気が合うのかもしれない。

お互いが、どうでもいい関係。でもそのどうでもよさが大事で。

鼻の頭から滴る汗を指で拭って、蟬の声に耳を傾ける。

そういえば、夏もけっこう好きだ。

夏は始まりが分かりやすいのが好きだった。他の季節は気温とかで曖昧に移り変わりを感じ取るけれど、夏は、蟬が鳴く。鳴いたら梅雨が明けて、ああ始まるんだって分かる。

はっきりしているものは、受け取りやすくていい。

「夏好き?」

「話題、すぐ飛ぶね」

これに限らず、わたしたちのやり取りは散発的だった。思いついたら泡が水面に浮かんで、それを二人で潰して終わり。なにも積み重なっていかない、この体育館での時間そのものだ。

「季節を好きとか、あんまり考えたことないな。好きでも、嫌いでもないかも」

「へぇ。暑いのも平気なんだ」

安達の短い唸り声と、汗の匂いが飛ぶのを感じた……気がした。

「いや、これはけっこう辛いかも」

「だよねー」

意見が珍しく一致して、ちょっと笑う。安達も笑いこそしないけど、ほんの少し口元が綻んだように見えた。わたしたちの脱ぎ捨てた靴下をぼんやり眺めながら、足の指をくいくいと曲げる。靴下から解放された指先に残る熱と踊るように。

夏が完全に終わったとき、それでもわたしたちはまだここにいるのだろうか。

夏の残滓の中出会った安達とわたしは、ここからなにか始まるのだろうか。

声にならない問いかけがいくつか生まれては、力をなくした蟬のように床に埋もれていく。

でもその蟬は、暑さと気怠さに屈することなく、まだ飛ぼうとしていた。

今はお互いの間にある、分かりやすいものを一つずつ見つけていこうと思う。

他にやることもないからという、至極真っ当な、後ろ向きな理由で。

夏が終わるまでくらいは、ここで。

二人だけの居場所で。

後になって思うと、貴重なものがたくさんある夏だった。

主に安達の態度とか、安達のあれこれとか、つまり、安達の存在自体が。

そしてわたしが安達の好きなものを知るまでに、その夏から結構な時間がかかるのだった。

こんな言い方はなんだけど、わたしといる安達は溶けている。常温に晒されたアイスくらいの溶け具合だと思う。それはそれで趣はあるのだけれど、噂に聞く冷やし安達を一度、じっくり観察してみたい。ということで、隠れつつ安達を遠くから眺めてみようと思ったのだけど。

てってって。

てってってってって。

「うーん……」

「うーん?」

わたしの小走りに疑問を抱きつつ、安達も小走りで追従してくる。

離れてみようとしたけど、順調に失敗している。これでは学校の廊下で楽しく追いかけっこをしているだけだ。それはそれで面白いけど、今求めているのは溶け気味アイスの甘さではなかった。

安達は恐らくわたしを常に目で追っているので、距離を置くとか隠れるというのが大変に難しい。で、こうなる。わたしに近寄ってきて、安達が溶けてしまう。作戦は早くも頓挫した。

一旦、この路線は諦めて立ち止まる。適当に走ってきたので今何階か、ここがどこかもパッと分からなかった。見覚えがあるのかないのか曖昧な制服たちが行き来する中、同じく止まった安達はなにに、といった様子でキョロキョロしている。よく分からないのに挙動が変な人についていってはいけない。

逃げて距離を稼ぐのが無理なら、いっそ直接お願いしてみるのはどうか。

たとえば、こう。

安達、ちょっとわたしと距離を置いて生きてみて。

泣かれそうだ。

凍ってみて。

冷凍庫に入る方法を探しそうだ。

わたしに冷たくしてみて。

無理そう。でもどういった風にするのか興味あるので、これにしてみた。

「安達、ちょっとわたしに冷たくなってみて」

「冷たく……？」

「ひえひえでお願い」

言葉の寒風に晒されようと耐えてみせる。むしろ両腕を広げて受け止めたい。さぁ。

ずずいと踏み込むと、安達はなぜか中腰になっている。

「ど、どうやって？」

どういう意味で、どうやってと聞いているのかいまいち分からない。

「たとえば、えぇー……」

安達の他人との接し方をろくに見たことないから、具体例が挙げられない。安達はわたし以外にどうつれない接し方をしているのだろう。話しかけられたら舌打ちとかするのだろうか。

「じゃあそうだねぇ……今から放課後、遊びに行こうと誘ってみます」

いつの間にか二人で壁に向いて話し始めていた。

「うん。行く」

「いやいや、そこを断って」

「なんで？」

意味が分かんねぇとばかりに安達が目を丸くする。

ごもっともな疑問ではある。

「安達はここでわたしに冷たいから、断らないといけないの」

「え、やだ……」

ごもっともな返事だった。安達がそんなの断るわけがない。

そして断られてもわたしは、そっかーで帰ってしまいそうだ。

「そうだよね」

「うん……」

二人してしおしおと萎えていく。えぇー……なに……よし。

「遊びに行こっか！」

「わ、わぁい」

諦めた。いいやもう溶けてて。溶けたアイスおいしい。最高！

あーおいしかった。

『思い出シャカシャカ』

部屋に戻ったら鹿がマラカスを振っていた。

「んー、シュール」

「おやしまむらさん」

シャカシャカッカとおもちゃのマラカスを握る鹿が振ったままこちらを向く。

「随分陽気なことで」

「ママさんにいただきました。大人しく遊んでろと言われたので振っています」

「ふぅん……」

既視感のあるマラカスだった。

「楽しい？」

「なかなかですな」

それはよかった。青い、子供が振るようなマラカス。

なんとなく鹿を持ち上げながら、そのマラカスに目をやり。

「あー……」

確か、じいちゃん家に置いてあったやつだ。

多分、孫のために買って用意しておいたおもちゃで。気に入って、持って帰った覚えがある。だってそれを振ると、わたしの周りをぐるぐる、本当に踊るようにはしゃいでくれて。

「…………あー」

凄く疲れてるときに、横になると。ぶわぁって、血がにじむような錯覚と共に身体からなにかが抜けていくのが分かるけど。今丁度、それと似たようなことが起きた、気がする。波にでも浮かぶみたいに、頭がゆらゆらしていた。

「…………かぁっ」

「どーしました?」

「え？　……ああべつに、なんとなく。なんか、分かんない」

ヤシロを下ろして、窓の方へ逃げるように向いて座る。背中が自然に丸まって、安達の猫背を笑えなくなった。

少し経つと、背中からシャカシャカ聞こえてきた。音が近寄ってきて、隣に並ぶ。鹿の柔らかい角がわたしの二の腕を押した。

「そーいうときもありますな」

「……分かったようなこと言うねぇ」

ぽむぽむ、と人の肩に手を置く鹿と並んで、少し……ぇぇと……たそがれた。楽しい思い出は時々なぜか、鼻水が混じる。

楽しすぎて、感受性が心の暇そうにしている部分にまで気持ちをおすそ分けしてしまうのかもしれなかった。

落ち着いてから鼻をすすって、マラカスを振る鹿を見る。隣で振られると結構、うるさい。

「ねぇ、今のはみんなに内緒ね」

楽し気に振り続けるヤシロに、一応口止めしておく。

「どれでしょう?」

「分かんないならいいです」

「ふふふ、ご安心を。口は堅い方ですぞ」

「へぇー……」

硬さを確かめるべく、ヤシロのほっぺを摘んで軽く引っ張ってみる。

諦めてしまおうと笑えるような柔らかさだった。

『多分350ページくらい』


休日というくらいだし休めばいいのは分かっているけれど、そのうえでなにをすればいいのだろうと時々悩む。他のみんなは青春と気怠さを窯で煮込んだり、練ったり、爆発させているのだろうか。日野と永藤に関しては聞くまでもないので、他に実例がなかった。

わたしは日曜にやることがあまりになくて、妹とヤシロを背中に載せたまま寝転がって鏡餅を作っているくらいだった。しかもヤシロがそのまま寝息を立て始めたので身動きできなくなってしまった。そして妹も吐息の微かな上下だけになったので、そろそろわたしの番が来ているみたいだ。床に直でうつ伏せになっていると少し辛いものがあるけれど、背中の重みに、ま、たまにはいいかとなるのだった。

洗濯物の籠を持って通りかかり、目が合った母親が「あははは」とまずは笑う。

「立派なお姉ちゃんになっちゃってぇ」

「そうっすねー」

床でほっぺ潰れてるけど。

「私も乗ってやろうか？」

「死ぬ死ぬ」

どうぞとか適当に言ったら本当にやりかねない母親なので、ちゃんと拒否しておく。ちなみに、二人も乗ってはいるけどさほど重くはない。ヤシロが異様に軽いのだ。

本当に怪しい生き物である。軽いし、飛ぶし、光るし。

明らかに地球外生命体なのだけど、ご飯は美味しそうに食べるし、人の背中の上で昼寝はするし、いつも笑っているしで……色んなことが、その天真爛漫さに隠されて許されている。

ヤシロに思うものはいつもふわふわとして、滲んで、不思議だ。友達というほど目線の高さが合わず、妹というほど側に感じず……認識がその中間くらいに位置しているから、具体的な関係性を語る言葉が生まれない。わたしにとってヤシロはいつまでも、ヤシロという存在であり続けるのではないかと思った。

二人の寝息に合わせて、目をつむる。瞼の裏に少し残る光の跡を追いながら、安達はなにをしているんだろうな、とぼんやり思う。わたしでもこうなのだから、安達にとって、休日は退屈の四角い塊なのではないだろうか。……ああ、でも安達はバイトという立派な予定があるのか。アルバイトというのはなるほど、その時間を埋めるのに丁度よかったのかもしれない。

わたしもアルバイトしようかなぁと、多分、安達と出会ってから三十回くらい検討して、結局探しもしないまま今に至る。性根が怠け者なのだ、わたしは。安達は正反対で、勤勉というか、根っこはとてもまじめだと思う。まじめで考えすぎて、周りからすると変な行動に出るんだろうなと分かってきた。

そんな安達なので、アルバイト以外の時間は案外、ちゃんと勉強しているのかもしれない。
成績は少なくともわたしよりは良い。働くし勉強もちゃんとして、なんか凄いいい子だ。
あの安達母が大して干渉もしていないのに、一人でそうあるならほんと、立派だ。
安達はそう見ると隙がない。器量よし、内面よし、社交性は……面白い。

それで、安達は……。

心臓の表面に指を引っかけたように、ギョッとして、ハッとする。

「安達は安達はぁ、と……」

身動き取れないのでむず痒い鼻の頭にも触れられない。

最近のわたしは、安達多めだねぇと笑って照れ隠しする。

いつの間にか、漫画雑誌をちょっと開いてお気に入りの連載を追いかけるみたいに、安達を探している自分がいる。隙間の時間にいつもいるわたしが、今日も、安達はどこかとぱらぱらと捲る。

そして長期連載の果てに安達がいつも巻頭を飾る、そんな日々が来るのかもしれない。

それも結構悪くないと思うのが、今のわたしだった。

『みろよくりすますのかがやきはあたたかい』

家に帰ると、チャイナドレスの美女が出迎えてくれる。

これがわたしたちのクリスマスだった。

「おかえり」

「おー、ただいま、おー」

淡い灯りを受けたドレスの青色が眩しい。靴も脱がないまま、玄関でじろじろ観賞してしまう。着慣れている安達も視線が恥ずかしいのか、すすっと引っ込みそうになっている。

「見せるために着てくれたんじゃないの？」

「そうだけど、そうじゃない」

スリットを気にするように服を引っ張る安達は今でも時々哲学的だ。

安達と一緒に暮らすようになってから、何度目かのクリスマス。クリスマスといえばそう、安達のチャイナドレス姿だ。最初の年は一体どういう理由で着てきたのか改めて振り返ると未だにさっぱりなのだけど、そこから長い時間が経ってもこうして恒例となって続いている。

風習とかそういうものも案外、こうして朧気な始まりから生まれていくのかもしれない。

靴を脱ぎ、温暖な空気に肌を撫でられると、寒気に強張っていた頬も緩むというものだった。

着替えもしないでテーブルの前に座ると、まず用意されていたのはかぼちゃの煮物だった。

「おーぅ、クリスマース」

「え、うん。そうだね」

安達は淡々としている。どちらかというと冬至かなと思わなくもない。

冷蔵庫から出てきた常備菜がとんとこ置かれていく。

「うむ」

我が家のクリスマス感は安達のチャイナドレスにすべてを託された。

「あ、ケーキ買ってきたよ」

はいと、少しお高めだったそれの収まる箱を渡す。ケーキ屋も今日はやはり予約の受け渡しで忙しそうにしていた。そしてショーケースでクリスマスを彩っていた小ぶりなロールケーキの値段が三千円を超えていたのは見なかったことにした。

「わぁ、くりすまー、す」

はしゃぎ方がぎこちないと、わたしの知っている安達らしくていいと思う。

箱ごとだと入らないので開けて冷蔵庫にしまおうとして、安達が首を傾げる。

「ケーキ三つあるけど」

「ああ一つは明日食べるから……多分」

わたし以外のやつが。毎年来るので、多分今年も姿を見せることだろう。

クリスマス当日に来ないのは意外と空気が読めているわけではなく、単にわたしの実家でもしゃもしゃと晩ご飯を食べているだけなのであった。

キッチンに立つ安達がケーキを一旦片付けて、あれやこれやと夕飯の用意をしてくれる。行ったり来たり、わたしは接待されるだけ。安達も仕事帰りで疲れているだろうに、うーむ、できているとその様子をぼけーっと眺める。

夜も更け始めた頃、暖かい部屋でチャイナドレスの美女にあれこれしてもらうとは。

「なかなかいい趣味をしているなぁ」

わたしが。

「安達が」

「え？」

美女が隣に座る。安達は向き合うより、隣り合う方が好きだ。

わたしもそれでいいと思う。

向き合っていると、歩き出したらおでこがぶつかってしまうのだ。

そのまま安達が通せんぼしてどこにも行けなくなってしまいそうである。

「まだ似合うかな」

「なにが？」

安達が視線の動きで、自身のチャイナドレスへの意見を求めてくる。

確かに最初に着たときは十代で、今はどちらも二十代。

容姿、心、在り方、関係。すべては変わっていく。

いや心の方はあまり変わらないのかも……安達は。

変化っていうのはそれぞれの、様々な事情の中で必要だから起きていくもので。

しなくていいなら、それも、答えの一つなんだろう。

「わたしは何歳になっても安達にはチャイナドレスを着てもらいたいよ」

わたしの中では何歳になっても、安達は安達であり、クリスマスはチャイナドレスなのだ。

それぞれの形をもって温かいものを提供するクリスマスはえらいなぁと思いました。

ん、と安達が小さく頷いて、溶けていく雪のように、自然に笑って。

「私も、しまむらが喜ぶ限りは、着て行こうかなって」

「やったー」

分かりやすく喜んで、かぼちゃを食べるのだった。

おーぅ、クリスマース。

『選べれるような女』

美だなぁとまず思った。

これは美。最少の言葉で表すことができる存在だった。なにが綺麗かって、全体的に。なんて語彙のなさだ。寝顔なので語れるところが実は多くないのだけど、ややしっとりとした黒髪がまずいい。毛先のきめ細かさというか、天然な潤いというか、本人がどれくらい手入れしているのかは分からないけれどまず髪質でわたしに大分リードを取っている。

少し無防備に開いた口元も、普段の慌ただしさを忘れてつい注目してしまう。幼さを飴の代わりに舐めているような、淡い唇。そこから、追い詰められて表現しきれない奇声を時折発するとは誰が思うだろうか。ばしゃったり、きょげったり、ここまで色々あったものだ。

今は閉じてしまっているけれど、遠く遠くに覗ける地底湖を磨き抜いたようなその瞳も印象的だ。横から覗いていると、なにかが吹き抜ける。その爽やかなものは、わたしの心にまとわりつく気怠さをさっと取り払って走り抜けていくのだ。

美に満ちた存在はかように、人に活力を与える。

この安達に比べたら、大抵の人は各部位の配置に多少ごちゃついた感がある。贔屓の引き倒しだろうか？　でも美少女なのは間違いない、はず。そんな噂を学校内で聞いた気もするけど、単にわたしが思い込んでいるだけの可能性もあった。となると、彼女自慢？　と考えてから、頭のてっぺんを掻いた。

あと、性格もいい。愛想がないともっぱらの評判だけど、そんな安達を見ることは恐らく叶わない。わたしは、わたしの安達しか知らないし観測もできないのだ。わたしの知る安達はいつも一生懸命で、どこか自信なさげで、でもその目は逸れることが決してない。

逃げ回って、泳ぎ回っても、最後は必ずわたしを捉えて、息継ぎするようにまた輝く。

その視線の強さが、安達の性格のすべてを物語っているように思えた。

口から目まで、隙なし。本人は謙遜するし頭ぶんぶん振るけど、客観的に見てわたしよりずっと整っている。その寝顔をこんな近くで、無制限に眺めているなんて、なかなかの贅沢だった。許されるのは多分わたしだけであることを含めて。

泊まりに来た安達が珍しく、わたしより先に寝ているからぼんやりと夜目を利かせて観賞していた。暗がりの中でも安達のやや白い肌は夜に沈んでいない。こういうとこもまた、美だなあと感じる。そして目を閉じて落ち着いた寝息を立てていると、なんだか知らない安達を見ているようだった。

こんな可愛らしい子にいつも変な顔ばかりさせているので、少し申し訳ない。でも仕方ないのだ、安達は目が合うとびくっとして、ぐるぐるしてしまう。林の奥でひょっこりと、見たことのない化け物と出くわしたように。日々が新鮮と恐怖と憧憬に彩られている。

安達にとってわたしは深淵を測りきれない怪物でもあるのだろう。

でも安達は、その怪物を丸ごと呑み込もうとする、もう一人の怪物だった。

真っ赤に実った果実を、他の誰にも山分けさせないとばかりに。


「……………………」


なんでわたしなんだろうなぁ、と時々思う。

これだけの麗人なら狙った相手くらい簡単に吸い寄せることは容易いだろう。それくらいの高みにある美人と出会ったのはこれで二人目だ。系統、というか属性？　はどちらも大分違うので世界は広いなぁとしみじみする。他にはヤシロもある種の圧倒的な造形美はあるのだけど、あれは趣が大分違う。あいつは世界どころか、その向こう側に広がり続ける宇宙だ。

それはさておき。

言葉を選んでいるから表現が難しくて、瞼と口がむじゅーっと潰れて前に出る。

安達は可能性をいくらでも手にできる美女だ。

つまり、きっと、モテる。

ようするに、選択の幅が広い。あんな美少女、こんな美女いっぱいいるけど、みんなみんなみんな勝ちまくりモテまくりも安達くらいの可愛さになると夢ではないのだろう。

安達はわたしの浮気を心配するけど、本来は逆の立場のはずなのだ。

もっと心配した方がいいのかなぁと思う。

心配するようなわたしがここにいるのか、少し探る。布団の中で伸びた左手の指先をぼんやりと見つめた先で、こんなことを想像する。安達が遠くにいて、誰かの側にいて、誰かと笑っているそんな姿を。

「…………………………」

自分の隣の空間がげっそりと削り取られたような、そんな気分になった。

そのえぐられた空間を見つめようとするだけで苦しくなって、目を伏せそうになる。

「ふぅん…………へぇ、ほー」

そういうものなのだ、今の自分の気持ちは。

うへへ、となって、枕を頬でぐりぐり潰して、目をつむって。肩の上に熱の塊が留まるように変な温度を感じて、布団の外に足が逃げて、作った握りこぶしをすぐに開いては手のひらに残った感触にもどかしさのようなものを覚える。

照れている、ということを表現するだけなのに、どんどんと遠回りしてしまう。

でも仕方ないのだ、だって照れるというのは、そういうものなのだから。

中心に浮かぶ純粋で綺麗なものに憧れながら、近づけないで距離を取り続けてぐるぐると回るしかない。真っすぐ歩くことが、いつからかとても苦手になった。

昔簡単にできたことが、今できないというのは少し悔しい。

だからこれからのわたしはもう少し……そう、素直になっていければいいと思う。

安達みたいに。

全部だと大変そうなので、半分くらい見習って。

安達は、わたしを選んだ。

これだけ広い世界で、抱えきれないほどの選択の中で、きっと迷うことなく。

安達がわたしを選び、わたしがその安達の手を握り返す。

連綿たる摩訶不思議の果てに隣り合う、赤い気持ちに思いを馳せながら。

「うんめー、ってことですかねぇ結局……」

安達に選ばれた自分をそっと意識しながら、ぎりぎり触れないところまで、指先を伸ばした。

夜の中を、潜るように、にょろにょろと。

眠っているから、素直に伸びていく。

そして寝ているから握り返してくれないことに、ああ、って思った。

『いっちばーん』


今年は年越し電話がないなぁと思っていたら、普通に安達が家に来た。

元旦早朝、頬がやや赤く染まる安達。まるで年が明けていないかのように地続きの安達だ。

「や」

あくびはさておいて短く挨拶すると、安達が「や、や」と若干ぎこちなく真似してきた。

「明けましておめでと」

「おめでとうございます」

慌てたように安達が挨拶を返してきた。で、靴を脱いで揃えてから。

「あ、早かった？」

眠そうなわたしを見て、少し不安になったらしい。

「早くはないけど遅かったかな」

「え？」

「安達から電話がまた来るかと思って、ちょっと待ってた」

ので、寝るのが少し遅かった。ということを少し省いて話したら、安達が「あ」と目を丸く、輝かせたように見えた。わたしが待っていた、という部分がお気に召したように。

「ごめん」

ごめんと言う割に、安達の表情はどこか緩んで嬉しそうに見えた。

誠実さが足りないな！　と冗談を振ろうと思ったけど安達が本気にしそうなので自重した。

「謝ることじゃないと思うけど」

「い、今から電話する？」

「安達のそういう発想、嫌いじゃないよ」

相手の気持ちを真剣に考えて、汲もうとする。そして流さない、ちゃんと向き合う。

もちろんそこには自分のためっていうのもあるのだけど、そういう時、安達にとても綺麗なものを見つけたように思うのだ。

「で、来てくれて早々なんだけど、えーとね、実はお昼から田舎の家に行くのですが」

「あ、そうなんだ……」

安達がやや残念そうに、曖昧に反応する。垂れ耳が一瞬見えた気がした。

「じゃあ、お昼前まで」

「うん」

安達にはそういう付き合いがなく、発想もなさそうだった。

祖父母の話とかも聞いたことがない。安達本人はともかく、周りのことは案外まだ知らないものだった。いや待てよ、安達についても知らないことが今一つあるな。

「新年のご挨拶に来たの？」

「それもあるっていうか、それなんだけど……一番、最初がいいって」

「一番？」

「一番に、しまむらと挨拶して……私も、しまむらもそうだといいなって思って」

「ふぅん」

安達らしい理由だな、と思った。

一番の人か。

そういえば、安達の前に朝からヤシロがいた。餅を食べて、今は本人の頬が餅みたいに潰れている。妹と一緒にこたつに入って「すやー」とか言っていた気がする。

「ま、あいつはカウントしないということで」

文字通り、ありとあらゆる意味で例外だ。

本人はそんなことより、餅にはあんこをつけるとかそんなことが大事だろうし。

「あら安達ちゃんだったの」

台所で作業していた母親がこちらに気づいて、廊下に出てくる。

安達がお邪魔してますと言う前に、母親が距離を詰めて気安く話しかけてきた。

「明けましておめでとう。なんならお母さんも連れてきていいのよ」

「え、えっと……あの、おめでとうございます」

挨拶慣れしていないところに返事に窮することまで言われて、安達の戸惑いは深そうだった。

そんな安達の様子を見て、「わぁい困ってる」と母親は実に楽しそうだ。

「ほら行こう」

わたしはあまり楽しくないので、早めに離れようとする。

「抱月、分かってると思うけどお昼から」

「はいはいはいはい分かってる」

適当に流して、二階に向かう。安達が後ろで母親に小さく頭を下げているのが見えた。

二階の勉強部屋で、こたつの電源を入れながら二人で収まる。

「さてなにしようね」

安達といると、いつもそんなことばかり話している気がする。

そうして、大して話をしなくて、それでも二人でいるのだ。

「田舎、って親戚の家みたいな？」

少し目を泳がせた安達が話を振ってくる。

「みたいっていうか、うん」

祖父母の家。見えてくる、友の小さな姿。

「わたしを待っててくれる子がいるんだ」

もしかすると今度が最後かもしれない。いつだって、そう覚悟しないといけない相手だ。

だから会いに行こうと思う。

という感じなのですが、安達(あだち)がひどく驚いていて、おや、となる。

「だ、だれ？」

「だれって」

こたつ越しに真剣に詰め寄られて、ぇぇととちょっと考えて。

あ、そうかと思った。

「あははは っ」

安達(あだち)にはゴンのことをしっかりと話したことはなかった。いや、他の人にもか。

いつか、そこに関する気持ちも安達(あだち)にさらけ出せるだろうか。

それはさておき。ふむ。

「な、なんで笑ってるの」

「そうだなぁ、安達(あだち)より犬っぽいかな」

さすがに本物には勝てないだろう。……勝てないと思う。

「私、っぽくないし」

「うん、ぽいというかむしろそのもの？」

「ち、違う。あと……浮気(うわき)は、よくない」

「そういうのじゃないよー」

「どういうの？」

「説明難しいなぁ」

本当に浮気の問い詰めみたいでちょっと面白い。それとちょっとめんどい。

どうやって話そうか考えている間、向かい合う安達が生真面目そうにしているのをぼんやりと見る。

安達じゃないけど、一番か。

何かで一番になるというのは、とても難しい。

世界一速く走るどころか、クラスで一番の俊足だって簡単なことじゃない。

安達は……少し照れながら言えば、わたしが一番なのだろう。

一番、ほにゃらら。色んな言葉がそこに入る。たくさんの感情が、真っすぐ来る。

だから安達が目の前にいれば、わたしはいつだって世界一なのだ。

それは、とても。

「素敵じゃん」

「え」

思わず口から出たそれに、安達が目を丸くする。なんでもないよと言いかけて、思い直して。

「安達とわたしの間にあるものが、素敵だと感じました」

「あいだ？」

少しぼやかしての感想に、安達が首を傾げる。

「すてーきさー」

「すてーき？」

歌ったら別の形で伝わった気がした。

「うん……うぅん？」

安達はわたしの正面の空間を睨んで、うんうん唸る。

そんな安達を見て、すてーきを味わう。

なぞなぞに本当に向き合うように、安達はずっと真剣に悩み続けるのだった。

『きみにできないこと』

　夕飯とお風呂と睡眠と安達で溜めた体力気力を、翌日にじわじわと削られながら耐え抜く。

　平日の会社勤務というものは、大体消耗していくばかりでなにかが増えていく感じがしない。

　仕事自体は掃除と同じくらい好きで、同じくらい嫌いだ。つまり大して興味はない。生きるために必要だからと割り切ってやっていけるから、学校にいた頃の勉強とあまり変わらなかった。わたしの喜びは会社の中に見つからない。元よりそんなに真面目な方でもないのだ。

　昼休みを迎えて、本日は安達製のお弁当を広げる。冷凍食品が少なめで、えらいねぇーと褒めてしまう。

「島村さんってお弁当は自作？」

「今日のは同居人が作ってくれました」

　通り過ぎていく同期女子がわたしの机を覗いて、へぇーと聞いた割にどうでもよさそうに反応して、他の人たちと去っていった。と思ったら、最後尾の同期女子が引き返してきた。

「え、一緒に暮らしてる人いるの？」

「ええ」

「旦那？」

同期女子がわたしの左手を一瞥しながら聞いてくる。

「結婚はしてませんけど」

「いい人？」

「まぁ」

これだぁ、と同期女子が朗らかな顔で中指を立ててきた。

既視感のあるボケ方だった。

永藤は地元で元気にやっているだろうか。

お弁当があるときは皆と付き合わないで、一人で食べる。ないときはわたしもあの群れに加わることが多い。同じ部署の人たちとは付き合いがないわけでもなく、けれど社内でわたしをひらがなで呼んでいそうな人はいない。学生のときは、安達以外にも日野と永藤あたりはひらがなで呼んでいた雰囲気を感じ取っていた。そもそも永藤はまともにわたしの名前を呼んだ記憶がないけど。

お腹は空くけど、お昼ご飯を食べると眠くなるのが悩みどころだなぁと思いながら、ばくばく白米を食べ進める。午後の始まりは大抵夢現だ。授業中に昼寝していても怒られるだけで済んだ学生時代の気楽さが時々恋しい。あの頃はなにもしなくても生きていけたけど、今は働かなければ未来が削れていく。自分たちで生きる道を確保するしかないのが、大人になったということかもしれない。

ちなみにお弁当の味わいはいつも通り、安達の味という感じだった。安達の料理はなんというか、質素。無難に作って、尖ったところのない味わい。こだわった味がしない。

作ってもらって贅沢だけど安達は料理については関心の度合いをそのまま示すように淡泊だった。安達が興味あるものは、わたしは一つしか知らない。会社で他の人と上手くやっているのかなぁとたまに心配になるけど、安達の方はいつもわたしを心配しているみたいだった。なんで？

携帯電話を確認して、ごちそうさまとだけ安達にメッセージを送っておいた。お仕事中は安達と最低限の連絡しか取らないように決めている。安達と話していたら仕事にならないからだ、お互いに。

食べ終えた弁当箱をしまって、残ったお茶を飲みながら一息つく。

ブラインドで隠れた窓の向こうから微かに届く光を眺めて、早速少しまぶたが重い。

まったりしすぎているとどんどん眠くなりそうなので、立ち上がって屈伸運動を始めた。

早く帰りたいなと思い、安達との居場所が自分の中で確かに家になっていることを理解し、よしと体操を続けた。なにがよしなのか分からないけど、満足はそこにあった。

なにごとも終わり際が一番辛い。あとちょっとと意識すると疲労感が一気に増す。なにかを達成するというのは大変なんだなぁと実感しながらエレベーターの壁に寄りかかり、ふらふら陽炎のように揺らめきながらも前に進んで呼び鈴を押す。誰が立っているかを確認すると、すぐに扉が開いた。さて、目が合ったわけだけど、どっちがより嬉しそうな顔になっているだろう。

「おかえり」

「ただいま」

先に帰っているときは、安達はいつもこうして出迎えてくれる。もちろん、逆になったらわたしもだ。時々待っている間に寝入ってしまい慌てて飛び起きることはあるけれど。

安達はそういうこともなさそうだし、なんなら眠そうにしている様子をあまり見ない。そういう節々に、安達の整い方を感じる。安達は見た目も、中身も作りが違う。わたしにできて安達にできないことを探すのは、実は難しいんじゃないかと思っている。

「安達、癒やして」

雑誌か仕事に関係したものにでも目を通していたのか、青いフレームの眼鏡がそのままかかっている。そんな安達に要求しながら靴を脱いで、廊下に滑り込む。本当に頭から滑り込んで寝転んだ。

「疲れた……首と脇腹のあたりにじわーっと疲労が滲み出してるね」

廊下のほどよく冷えた温度が心地いい。気を抜いたらこのまま寝てしまいそうだ。実家にいたときは時々、ヤシロがこんな風に廊下で居眠りしていたのを思い出す。自由な生き物だった。

「癒やし……うーん……肩揉もうか？」

「あーそっちかー」

「え、何種類もあるの？」

「リラクゼーション的なものを想像していた」

ふよよよ～ん、というゆるふわ効果音でリラクゼー度を高める。とにかく緩くなりたい。

わたしの放りだした鞄を拾った安達が、一拍置くようにして首を傾げる。

「リラクゼーションってどういう意味？　なんとなく、こう、感覚ではぼんやり浮かぶけど」

「いや……わたしもわかんない」

廊下でゴロゴロしたまま会話が続く。寝転んだ顔の近くに安達の足が生えている。真っ白く、肌のきめ細かさが高校生の頃より定評ある安達ちゃんの足だった。わーとしがみついてみる。

「あひっ」

急に縋りついてきたやつに安達が分かりやすく驚き、飛び跳ねようとする。でもわたしがくっついているので飛べなくて身をよじり、バランスを失い、壁に手をつくことで辛うじて転倒を回避した。

「あ、ごめん」

冗談が大事になりかけたので抱きついたまま謝る。ついでに頬を足に寄せた。

「んー、これはこれで癒やされるような……」

ほっぺを安達の生足に擦りつける。廊下とはまた違う温度に肌がぞわりとした。「ひひぃぃ」と安達がなぜか悲鳴みたいな声をあげているのが面白くてより頬をぺったぺったする。着替えもまだなのにこんな茶番を続けるのが、楽しくて仕方なかった。

深く息を吐くと身体が疲れと一緒に溶けていきそうだった。取りあえず、肩の感覚がなくなってきている。そのまま液体にでもなりそうなわたしを、安達の手が繋ぎとめる。

「しまむらは、が、がんばったね～」

屈んで頭なでなでしてきた。甘やかし路線を選んだらしい。

全体のぎこちなさが、かえっていい味を出していた。

「もっと言って」

「え、がんばった、ね～。えらいよ～、すごいね～」

人を褒めることに慣れてない安達の語彙と発音に溶かされそうだ。

「ふぉふぉぉふぉぉふぉぉへ」

頬が潰れたまま堪能する。全肯定って時々染みる。あむあむ頬ばって、しっかり呑み込んだ。

「今のリラクゼー度はなかなかのものだったと思う」

「そうなのかな……？　じゃあ、もっと」

また頭を撫でてきた。慣れてないから若干撫で方が荒い。髪型めちゃくちゃになってそう。

でもいいやすべてがいいやと身と心を安達に投げ出す。猫にでもなった気分で撫でられ続けた。

そうしてからぼさぼさになった頭もそのままに蘇り、安達と目を合わせる。結局、この背丈の差は埋まらなかったのを目線の高さで感じる。昔より安達の猫背が直ったから、余計に差を意識するのかもしれない。

まっすぐ立っている安達を、少し見上げながら祝福する。

「安達もお疲れさま」

「うん」

「お仕事中はわたしに会いたかった？　なんちゃー」「とっても」「ちゃー」

照れきる前に、安達が頬をほころばせて抱きしめてきた。

安達が触れ合うことへのぎこちなさを乗り越えたのは、いつからだろう。

その成長に侘しさと微笑ましさと喜びが、くるくると混ざり合う。

「よよよい」

「ほっほっ」

抱き合ったまま、二人でよたよたと居間へ歩いていく。

そうしている間に、わたしにできて、安達にできないことを一つ見つける。

安達を心から笑わせられるのは自分だけだと、少し、うぬぼれる。

そういえばわたしから誘ったことってあったかな、とこれまでを振り返ってみる。

授業前の短い休み時間に、頬杖をついて。まぁ普段より建設的かなと思いながら。

わたしから安達を遊びに誘った記憶がないのだ。板書をノートに写しているとき、ふとそんなことに気づいた。連絡もわたしからはあまり取らないなぁとも思う。これは反省するべきことなのか、まずそこからだった。

わたしから出会いを求めないから、安達はいつもちょっと不安そうに落ち着かないのだろうか。だとしたら不徳の致すところであり、改善していくべきかもしれない。でもわたしから連絡しなくても安達がかなりの頻度で電話なりメールなりと求めてくれるので、こちらからコンタクトを取らなくてもなんとかなってしまっていた。それは健全なのだろうか。健全である必要も分からないけれど。健全であることでなにかが崩れるなら、安達は迷わないで不健全を選ぶだろう。

教室内の首まで浸るような喧騒の中で一箇所、へこむように沈んでいる部分に目をやる。同じ教室の安達はわたしから離れていると本当に物静かで、横顔はそこだけ気温が下がったようにさえ見える。少し伏せた目元と、冬の制服の色合いが雰囲気によく似合っていた。

これが、目が合うと一瞬で溶け切ってぎこちなく頬が緩むのだから……なんというか、役得……はちょっと違うかも。表現できる語彙がないけれど、安達は、わたしのことめっちゃ好きだなぁと思ってしまうのだ。同時に、わたしってそんなにいいかな？　とも時々思う。

わたしも、安達と遊びに出かけたくないわけではないのだ。しかし行動には移さない。

どんな気分のときに、安達と遊びに行きたいのだろう。

もちろん、会って遊ぶのはいいよーだ。いいよーは常にある。でもそれは受け身の気持ちに近くて、自分からいいよね！　と動き出す瞬間がまだわたしにはなかった。なんだかんだ、ほとんど毎日顔を合わせているから満足してしまっている。

やっぱり毎日会っているという部分がわたしの欲求をささやかなものとしているみたいだ。これで一週間くらい会わなかったら、心の乾いた部分が安達に浸りたくなるかもしれない。でも安達に一週間会わない方法が思いつかない。あはは、とちょっと笑ってから、本当に無理なのではないか、と崩れかけた頬杖を直して真面目に考えてみる。

一週間だ。まず学校で確実に会うから、高校生の間は論外。夏休みの期間も安達が三日に一度は会いたがるので隙がない。一週間って厳しいな、と改めて感じる。旅行に行く、とか？いや一緒に旅行しそうだ、安達と。一週間会わないでくださいとお願いしても、絶対聞き入れないだろう。理由を説明しても、ぶんぶんと頭を横に振るのがもう見える。

だから……無理で。じゃあ高校生じゃなくなったら、大学生とか社会人……そうか、高校を出てもわたしはきっと安達といるのだ。安達はわたしの元に走ってくる。ずっと高校生でいるような気持ちそのままに、学校とお互いの家を行き来するような気持ちでいたけど。

これからも、わたしは安達の彼女なのだ。

そっかぁ、と目を向けてこなかった未来を思う。

このまま付き合っていくのだろうなぁ、わたしと安達。別に別れるつもりはないけれど、別れようなんて言い出したら安達がどんな反応をするのか。想像だけでも胸が痛むのであまり考えたくない。あと、正直ちょっと怖い。安達とはこれからも、高校を卒業してからも当たり前のように彼女と彼女が続くのだろうし、その気持ちが安達から途切れることは決してないのだろうという確信があった。

つまり、わたしはもう安達と会わない日がなくなるのではないだろうか。

これからずっと。

一生。

「……………まじぃ？」

高校での出会いと付き合いが、随分と長大になってしまった。一生と来る。生まれてから死ぬまでと来る。死ぬまで安達。なんなら、死んでからも安達かもしれない。

進路だの就職だのどうこう言い出す前にもう一生のものが一つ決まっているって、すごい。すごいとしか言いようがない。

ここからわたしがどんな道を選んだとしても、安達と、って枕詞がつくのだ。

安達とわたし。

安達と、しまむら。

「…………………………」

安達は同級生で、血の繋がりはなくて、小学校でも中学校でも出会わなくて、お互いに下の名前も呼ばないし、選んで一緒の学校になったわけでもなく、生活圏は違うし、あだ名もないし、家族じゃないし親友じゃないし幼馴染じゃないし犬じゃないし下着の色も知らない。

完全たる、他人だ。

他人だった。

安達と初めて出会ったとき、こんな関係になるとは一切思いもしなかった。でも体育館で偶然出会って、安達がわたしを好きになって、わたしも。

倒れた偶然が次々に連鎖して、誰かの背中を追いかけていく。

その辿り着く先にあったものの名前は。

「うんめー、ですかねぇ……」

頬杖から離れて、群青の空にその言葉を思い出す。

ですな、とこの場にいるはずのないやつの声が聞こえた気がした。

次の休み時間、目が合った安達が席を立ってちょこちょこと近づいてくる。

一生かぁ、と実感の湧かない長さを曖昧に思いながら、緩く手を振る。
長いお付き合いになるのなら。
今日はわたしから、放課後どうですかと誘ってみようと思った。

『わたしたちのやったことをみとめてくれるあたたかさだぜ』


「遊びに来ましたぞ」

「知ってた」

今日は珍しく、玄関の方からちゃんと現れた。玄関を通ってきたわけではないのがポイントだ。いつ出てきても鍵とか、マンションの防犯とか一切無視している。まだまだ世の中のセキュリティは甘いらしい、宇宙人の侵入くらい防げるようにならないと。

クリスマスなので当たり前のようにやってきたヤシロである。

「今掃除中だからその辺で大人しくしているように」

「暇そーにしているのはけっこー得意ですぞ」

「そー？」

白い着ぐるみのヤシロがのったのったと廊下に上がってくる。うーむ、わからん。

「その着ぐるみなにモデル？」

「ジュゴンですが」

「へー」

なかなかメーニアックなチョイス。

「この前、みなさんと水族館で見ました」

「ふぅん」

もう家族の行楽についていくようになっていたのか。うちの両親らしいけど。

「昨日はなに食べたの？」

「カレーがおいしかったですな」

年々我が家のクリスマスも謎が深まっていく。まぁ一番の謎はこれなので、他はいいか。

「あ、また来た……」

「お邪魔しますぞ」

掃除機をかけている安達が、わたしの後ろにくっついてきたジュゴンに目を細める。

「こんにちはー」

「こんにちは……？」

安達がおずおず、距離感を測りかねるように挨拶を返す。

はっはっは、とヤシロはなぜか楽しそうに笑っている。

「今日のわたくし、ただのお邪魔ではないのです」

「普段はただのお邪魔なのか……」

別にそんなことは思ってないけど、そもそもヤシロがお邪魔の意味を理解していない気もする。

「遊びに行くのなら持って行けとしまむらさんのママさんに頼まれました」

「へー、ママンから？」

どうせ正月に帰るので、そのとき渡せばいいのに。

「ちょっとお待ちを」

てってってーとジュゴンが寝室の方に走っていく。なぜ？　物陰に消えて少し経つと、手ぶらだったはずのジュゴンがぬいぐるみを二つ抱えて戻ってきた。元からうちに置いてあるあざらしくんとかではない。

「しまむらさんにはこちらですな」

「はぁ」

ぬいぐるみ……これは……セイウチかな？　かわいい牙生えてるし。

「水族館にいたセイウチくんです」

「お土産ってこと？」

「ふふふ、わたしの方が背は高いですぞ」

「そんな話はしていない」

セイウチぬいぐるみは口が開く仕様で、手を入れるとがぷっと噛まれてしまう。

噛まれたまま、その背中を撫でて、手触りを確かめて。

「うん、いいね」

きっと直接渡すのは照れくさいから、ヤシロに頼んだのだろう。そういう母親だ。

なんにでも素直なようで、真面目なところは恥ずかしがる。

……似ているなぁって思う。

「褒美に後でケーキをご馳走してあげよう」

「わー」

関係なく最初から買ってあったんだけど、恩着せがましく行こう。

「安達さんもどうぞ」

「え、は、どうも」

もう一つのぬいぐるみは、安達に差し出される。掃除機を一旦止めて、安達が首を傾げながらぬいぐるみを受け取った。水族館とはまた居場所の違うぬいぐるみのようだった。

「そちらは安達さんのママさんからのですぞ」

「え」

思いもかけない贈り主に、安達が固まる。

まじまじと、ぬいぐるみと見つめ合う。

「あ……」

ちゃんと鼻のあるぞうのぬいぐるみが、つぶらな瞳で安達を見つめていた。

「ぞう……動物園の……」

「ふふふ……わたしの方が背は高いです」

勝ちたがりなジュゴンである。

「みなさんで動物園に行ったときのおみやげですぞ」

「あんた色々エンジョイしてるね……」

「ほほほ、たのしーです」

というか、一緒に動物園とか行くんだ安達母。多分うちの母が強引に連れて行ったんだろうけど。しかし意外というか……ぜんぜん、そんなこともないというか。

なんだろうね……わたしが貰ったわけじゃないのに、この気持ち。

悪くない。そう、ああ、ってなって。悪くなかった。

「よかったじゃん、安達」

「ん……」

安達の反応は薄い。ぬいぐるみを抱えたまま寝室に向かう。既に棚に飾られているあざらしくんとクマのキーホルダーの隣に、ぞうのぬいぐるみが加わる。棚はそれでいっぱいなので、セイウチくんはどこに置こうと少し悩む。そして気づいたけどまだ手を噛まれていた。

「ん……」

置いて、眺めて、安達がまた微かな吐息を漏らす。

「ん……」

「よかったね」

もう一度、繰り返す。安達ではなく、自分の喜びに浸るような声になってしまう。

でも、そういう気分だった。

わたしの顔を見て、それからぬいぐるみを見て。左の目の下を少しだけ震わせて。

「うんっ」

最後は、しっかりと呑み込んで大きく頷くのだった。

『パリパリピロピロ』

「彼女とデートなう」

身体を寄せていぇーいと適当にピースしたら、「ふゅぇい！」と小気味いい悲鳴が横に生まれた。仰け反ると、安達との背丈の差を意識する。普段はちょっと猫背の安達で気づかないけど、また少し差が広がっている気がした。

骨がぎしぎし軋んでいそうな、ぎこちない安達を見るとふふっと声が漏れる。

「ＳＮＳに無許可で上げないように」

「や、やってないけど」

「ま、せっかくだしこのまま撮ろうか」

もう一度気軽にいぇーいする。安達は肩が上擦ったまま、ぎこちなくピースを形作る。頬の右側だけが引きつるように笑っていて、左側さんは置いてきぼりだ。器用なのか不器用なのか分からない。

「で、でなー」

「外国人の名前みたいだね」

安達のこの顔を画像に残していいものかと思ったけど、残した方がいいなと二秒で決めてカシャカシャした。そして写真の出来を早速確かめる。

「んー」

安達の顔はともかく、わたしも笑い忘れていた。次はもっと上手く撮ろう。

「ど、どしたの」

急な行動にしっかりと戸惑う安達に、電話を仕舞いながら笑う。

「デート感が薄いかなぁと思い、マシマシお試し」

付き合う前からショッピングモールをウロウロするという休日の過ごし方だったし。田舎は他に行く場所がないのだ。でも都会の子はそんなに色々、ウロウログルグルしているのだろうか。新しい場所を毎回探して動き回るなんてただただ、疲れそうだ。

「デート感……」

空いている安達の左手が肩の前でワキワキと空を摑んだ後、ピシッと背筋を伸ばした。姿勢をよくすることとデートっぽさの繫がりがわたしには見えないので、安達は深いなぁと思った。

背筋ぴっしりの安達にそのままくっついて、少し歩幅を広げて歩く。このモールに同じ高校の人だってきっと来ているんだろうなと思いながらも、離れるのが面倒だった。冷房が効いていてもじっとり熱くなっていく手のひらを、それでも離す気にはなれなかった。

「しかしあれだねぇ、わたしたち余裕だね」

へらへらしながら、ふと思ったことを言う。余裕なさそうな安達が、ぎくしゃくと頭を動かす。

「な、なにが？」

「高校三年生の夏休みに、こんな遊んでてさ」

夏休みの間、週に最低二回は安達と会っている。安達が会いたいって言うから。

安達から言ってくれるのでわたしには必要ないのだけど、これで一週間、二週間と間が空いたら、こちらから会いたいって連絡するのだろうか。するかもしれないな、と思った。

最近のわたしは、素直が生きる上での目標なのだ。

「あ、じゃあこれからしまむらの家で勉強するとかっ」

安達の慌てたような提案を、ノーと却下する。

「安達と勉強はしないよ」

「な、なんで？」

効率が悪いから。

安達と一緒に勉強道具を広げていても、すぐに遊び心が芽生えるというか、脇道に逸れてしまう。ということをこの間学んだ。でもそのまま伝えるより、とちょっと意地悪に笑って。

「安達がえっちっちーになるから」

顎のあたりを指差すと、すぐに数日前のことを思い出したのか安達の目の下がじわぁっと赤く染まる。血の涙を垂らしたような染まり具合だ。これより綺麗な朱色は世界のどこにもないのだろう、少なくともわたしにとっては、なんてエモっている間にバシバシと安達の平手打ちが降ってきた。顔を伏せるだけでは抑えられない羞恥が肩や背中に降ってくる。屋内で天候が局所的に変わるとは新鮮だ。いたいいたいはっはっは、と笑って受け流す。

実際、安達と二人で勉強なんてできそうもない。

勉強以外のもっと、楽しいことをやりたくなっちゃうのだから。

たとえば一緒にいるのが日野や永藤だったら、そんな悪戯心や好奇心は無縁だろう。

相手が安達だからこそ生まれるものは確実にある。それも、たくさん。

でもそう例えておいてなんだけど、永藤だったら向こうから支離滅裂な悪戯を仕掛けてきてそれはそれで勉強にならなそうだった。永藤は本当に生態が解明できていない。髪が水色の宇宙人よりも謎が深かった。

ばっしばっしばっしと平手打ちの嵐がなかなか終わらない。一過性のものと思っていたら存外長い。そろそろこっちの肩まで赤くなりそうだったので傘でも差そうかなと見上げると。

「もにょ」

安達の両手がわたしのほっぺを包んだ。包むついでに若干潰れた。

「私と、勉強しないのは分かったけど」

「ん？　うん」

安達の表情が、髪の生え際から一閃する汗のように、鋭くなる。

「私以外の人と、勉強も、駄目」

安達から感情の鎖がまた放たれて、わたしを縛る。これで何度目、何束目だろう。

最初は、戸惑いもあった。困惑に翻弄されていた。

だけどいつの間にか。

この嫉妬深さが、癖になる。じくじくとわたしの血管に染み渡り、関係性というものの滋養強壮になるのだ。

「あはっ」

「笑うとこじゃないと思う」

「もにょぉ」

もっと潰れた。普段はヤシロのほっぺをむにょむにょして遊ぶ立場なので、なるほどこんな気持ちになるのかと実感する。どんな気持ちだ？　わたしは今、ただ楽しいけど。

頬に触れる安達の指が動く度、肌との温度差を感じる。

そこから生まれたなにかが首筋を伝うように流れ落ちていく。

「しないってば。もうぜーんぜん一切勉強なんかしなーい」

「それはそれで、えぇと、困っちゃう……」

安達がそろそろと手を引っ込める。その自由になった腕をじぃっと見て。

なんとなく思い立ち、安達と肩を重ねて、しがみつくように腕を組む。

腕に頬をすり寄せると、んはは、って変な笑い声が自然と漏れた。

今ならなんでも輝いて見える、そんな気分になった。

最初、腰が逃げそうになった安達が辛うじて踏みとどまり、紅潮の浸食を広げていく。

耳の端まで赤くなっているのを見ると、安堵さえ感じた。

「きょ、今日のしまむらは」

「はいわたくしは」

シャカシャカ動く足とぐるぐる回る目玉は安達のトレードマークのようだ。

「……積極的？」

色んな言葉を探して、適切なものに辿り着いたらしい。

そう今のわたしは、積極性に身をゆだねている。

夏というだけで潰れてやる気を失っていた、あの頃から脱皮するために。

「デートだからね」

背の少し……割と？　高い彼女に、頼りがいあるぜぇ、と腕に重心を傾ける。

ぐにゃあと芯を失った安達もろとも、その場に倒れ込みそうになった。

『味変』

味に飽きているわけでもないのに、たまには違う料理でも試してみようと思う気まぐれさを、人間らしさにカウントしていいものだろうか。人間ってなんだろうと、浅い疑問から深い場所に思いを馳せている間にその夜は過ぎていった。

寝つきがいいのはわたしの数少ない、疑問を抱く余地のない美徳ではないだろうか。

もうじきクリスマスだった。

わたしたちのクリスマスといえばチャイナドレス。安達は今年もきっと、チャイナドレスを着てくれることだろう。チャイナドレス姿の安達に接待されるのは大変楽しいのだけど、たまにはわたしもなにかした方がいいのではないかという意識が、何年目かのクリスマスで芽生えたのだった。

職場から家へ帰るまでの道程で、普段は気怠さと共に電車に揺られるのだけど考えることがあると少しばかり眠気も収まり、散漫な意識が頭の奥にしっかり整列している。地味だけど、生きるってこういうことなのかもしれないなぁと時々思う。

肘から手の甲にまで、しっかりと、自分の感覚が線を描いている。

簡単な言葉でいえば、実感というやつだった。

今年はわたしが代わりにチャイナドレスを……いやでも、それは違う気がする。

あれは安達のもの。それを覆すのはひっくり返した石の裏側を覗くような……どこか落ち着かない気持ちになりそうだった。となると、わたし独自の格好というものが必要になる。

わたしに相応しい格好とはなにか。

そんなことを悩んでいたのだけど、クリスマスの数日前に人の家でうどんをちゅるちゅるしているカワウソに着想を得た。

「よし、この方向で行くか」

「むむ?」

「しかしあんた宇宙から来た割に箸の持ち方綺麗ね」

「ふふふ、しんにちかというやつですな」

ちょっと違う気がした。

そんなこんなでクリスマス当日。安達より早く家に着いて、買ってきた三人分のケーキを箱ごと冷蔵庫に入れてからささっと着替え終える。鏡の前で確認すると、思ったより既視感があった。こういう格好でウロウロしているやつを見慣れすぎているせいだ。

「ま、いいか」

夕飯の用意に移りながら、安達の帰りを待った。

で。

「おかえりー」

出迎えたわたしを見て、扉を閉じることも忘れて、安達が固まる。

「デカいヤシロではないよ」

無難に選んだのはトナカイの格好だった。トナカイの着ぐるみに身を包み、しっかりフードを被っているわたしに、安達がややあって曖昧に笑う。

「そっか、クリスマスだから」

なるほど、と安達がようやく扉を閉じる。座って靴を脱ぎ始める安達の鞄を取り、「お疲れ様」とねぎらう。安達はなにか言いかけるように顔を上げて、トナカイフードをじっと見上げる。

「え、のー、とても、かわいい」

どうですかと尋ねる前に、そういうことを言える安達はエライ。わたしも見習いたいところである。

そして間近に来たところで纏う冬の空気の中に安達の匂いをふわっと感じて、ちょっと悪ノリする。安達の肩に寄り添いながら、耳の側でささやく。

「いらっしゃいませー」

「……？　おか、えり？　あ、違うただいま……」

「おねーさんこういうとこは初めて？」

安達の肩がびくっと跳ねて、脱ぎかけの靴が指先からころんと落ちる。

ギョッとして頬のひきつった安達の動揺が微笑ましい。

「と、トナカイってどこにいるの？」

「え……うーん……大自然？」

「自然どこ……」

どこどこと安達の手がさまよう。ここ、と手を取って握る。

「さぁ安達もチャイナドレスに着替えよう」

立ち上がらせて、引っ張るように歩いていく。

「と、トナカイいるのに？」

「トナカイとチャイナドレスの関係性が分からないのですが」

こっちが分からないよという顔をしている安達のおかしさに、お腹と肩が震えた。

「それが見たいから、わたしにクリスマスが来るんだよ」

思い出と優しさと、スリットから覗ける生足。

わたしたちの青春と今を繋げるものが、チャイナドレスだった。

『宇宙さえ知らない』


学校から帰ると、廊下の脇にお猿が正座していた。

「おかえりなさーい」

「……ただいま」

こいつにそう返すのも違和感がなくなったのは、いつからだろう。ヤシロはただ座っているだけでなく、大きめの布を広げてその上になにかを並べていた。靴を脱ぎながらそっちを向くと、いつものようにニコニコしてわたしを待っているみたいだった。

今日はお猿の格好をしている。なにも通っていないはずの尻尾が生き物のそれみたいに左右に揺れていた。またなにを始めたのかと、その並べているものを覗(のぞ)いてみる。

「なにこれ」

パッと見て、石がたくさん並んでいる。同じような形と模様は一つとしてない。見比べると、目の中で引っかかりを覚えるような、特徴的な石もあった。

「バザールです」

ござーる、とお猿が何故(なぜ)か続けた。お猿さんってござると言うのだろうか。

「パパさんに習いました。このようになにかを売るのがバザールだそうです」

ござーる。

「こうして稼ぎ、おこづかいがあるとお菓子が買えてしまうのですぞ」

ワクワクするように、お猿の尻尾が躍る。

「はは……ま、そーね」

なにも考えていないようで、たまに謎の行動に出る。宇宙人の発想は飛躍に満ちている。

「で、石を売っていると」

「ほほほ、近所で拾ってきました」

「ははぁ、それはそれは」

お手軽なことで。本当にその辺の石かなと思いつつも少しくらい付き合ってみるか、と屈(かが)んで手前の石を取る。

「これはどこの石？」

表面がごつごつとした、灰色の石が手のひらを埋めている。砂浜で似たような石を昔、見た気がした。そんなノスタルジィーを石の向こうに垣間見(かいまみ)ていると。

「月です」

「……なんて？」

石を掲げたまま、頭が左に傾く。

「さっき月に行って拾ってきました」

　石の向こうで、お猿さんがいつものようににこーっとしていた。

「……月て」

　わたしが知る月は、空に浮かぶあれしかない。上を指差すと、「あの月です」とヤシロがわたしの人差し指と別の方角を指す。壁と天井で確認できなくても、きっと、ヤシロの方が正確に月の位置を捉えているのだろうと思った。

　月の石。持っているだけで不思議なパワーは感じないし、エボリューションする気配もない。だけどその月の石を持つ指が吸いつくように離れない。感動が鈍く、しかし確実にじわじわと押し寄せていた。到達するまでの長い時間を待つ間、空いている手で別の石を取る。

　流線形のつるつるとした石だった。河原で、いくらでも拾えそうなやつだ。

「……こっちの石は？」

「それはその辺に浮かんでいた石です」

　浮かぶ？　石ってその辺に浮かぶの？

「こっちは？」

　平べったい石を指差す。

「それは釣り堀の近くで拾ったやつですな」

　近所の幅が縦にも横にも広すぎる。どこかの海底の石、高い山の上の石、聞いたこともない星の石。ヤシロの売り物の紹介はシャボン玉を次々に浮かべるみたいに、ふわふわ、わたしの

ないけど。

現実と夢の間を自由に浮かぶ。お猿に化かされているみたいだった。猿が人を化かすかは知ら

「それじゃあ……この月の石を一つ」

「わー」

売れたのを喜ぶように、お猿が諸手を上げる。

そういえば、買おうと思ったけど肝心なことを聞いていない。

「これいくら？」

「百円ですぞ」

百円で買っちゃっていいのだろうか、こんなもの。

「……ちなみに、釣り堀の石のお値段は？」

「百円ですが」

値段つけるの下手か。ヤシロからしてみれば釣り堀も月も大差ないということなのだろう。

普段はうちでご飯食べて寝ているだけの生物なのに、時々、なぜここにいるのだろうと途方もない距離を感じさせる。

「ござーる」

どうでもいいけど、バザールってこれで合ってるんだろうか。

ヤシロのバザールはその日、四百円の売り上げを出した。

本人は大変満足したらしく、しばらくそのお金を握りしめてうろうろ歩き回っていた。売れなかった石は明日、元の場所に返してくるらしい。到底簡単に行けそうもない場所がいくつもあったけれど、ヤシロなら行ってしまうのだろうなと思った。

三月の春になりきれていない夜風が頬に溶けるように張りつく。夜中、部屋の窓際に座り込んで夜空を見つめる。微かに開いた窓との隙間から届く、風の音が気持ちいい。

耳を傾けていると、すっと、心が軽くなる瞬間があった。

その日の夜は丁度、浮かぶ月が窓の向こうにあった。

月光を覗き見るように、窓枠の端から見上げて。

「で、あの月にあった、石」

わたしの手のひらにのっかるそれを、眩い月面に重ねた。月の石は輝くことなく、暗く、静かなものだった。

肘から先が、ずっしりと、実感を得始める。

……え、凄くない？　月の石、月面。恐らく大多数の人類が触れることの叶わないもの。

それを今、ぺたぺたと触って手のひらに置いている。

凄い。

拡散した感動が、体内を程よく満たす。焦るような気分にさえなる、そんな高揚があった。本物なら、という前提はあるけどヤシロは嘘を吐かない。あれは、嘘を吐かないで生きていける。その時点でもう人間とはまた違う生き物なんだろうなぁって思う。

月を観測していたら、もしかしたら、月面を呑気に歩くヤシロの姿を見ることができたのかもしれない。そんな様子を想像しながら笑い、夜空を眺めながら伸ばす足の位置を変えると、夜に爪先をかけて、少しだけ高い場所を歩いているみたいだった。

はーすごいなー、って月の石と月を重ねながら眺めていると安易な感想がぽつぽつ漏れる。こんな簡単に宇宙に触れてしまっていいものか。いや普段から宇宙人のほっぺ引っ張ったり、肩車したりしているけど。まさか、月に触る日が来るなんて想像もしていなかった。

あの月に、今、わたしの手が届いている。

でも、自分で月に行ったら、そのときの感動はこんなものじゃないのだろうなとも思った。宇宙飛行士は、とてもがんばって宇宙に行く。そしてわたしたちが一生知ることのできない世界を知っていく。それは素晴らしいことで、大してがんばっていないわたしの感慨がそこに届くわけもないのは当然で。

でも、と思う。

でも、とても高い場所にいる宇宙飛行士でも、安達は知らない。

この宇宙の果てにまで行っても、安達を知ることはできない。

そして安達は時折、この世界のどこに行っても見つからないものを、わたしに見せてくれる。

だから。

そう、なにかを続けようとして言葉は出てこなくて。

なにそれ、と変な対抗心なんだか自慢なんだか分からないものが芽生えて、笑ってしまう。

つまり、なんというか。

宇宙人よりも、月の石よりも、安達は。

「………………………あはっ」

そうして、そうだ、と思いつく。

明日、安達にこの石を見せて自慢してみよう。

手のひらに収めた月の感触を、安達にも伝えよう。

さっそく楽しいことを見つけて、今日が終わっていくことにも悲観はなく、喜びさえある。

そういうのを、幸せと言うのだろうと思った。


『さてこちらが先日話題になった、問題の画像です』

『……なんですかこれ』

『そのままです。なんと月面に猿が観測されたというのだから、まさに衝撃的ですね』

『月に？　ウサギじゃなくて？』

『月にウサギなんていませんよ、ファンシーな』

『猿もいないと思っていましたが』

『しかしこの後ろ姿は猿としか言えないでしょう。尻尾もついてますし』

『小さすぎて見づらいですよ』

『仕方ないですね、月は遠いので』

『でも月のお猿さんは随分と普通な後ろ姿なんですねぇ。子供が着ぐるみ姿で元気に飛び跳ねているようにしか見えませんね』

『仮に子供が飛び跳ねていても大事件なのですが……』

『どことなくサク○チョ○次郎に似てますねぇ』

『そ、そうですか？』

『正面からの画像はないのですか？』

『残念ながら』

『……これ合成じゃないんですか？　或(ある)いは見間違い』

『そういう可能性もなくはないでしょう。しかしもし存在するなら、地球外生命体ですよ、ちきゅーがいせーめーたい。凄(すご)すぎませんか』

『月で暮らしているならそのうち、地球にも旅行気分でやってくるかもしれませんね』

『いやもう既に平穏な町中にも……』

「……」

……

「ほほほ、そこに置いたらわたしが負けてしまいますぞしょーさん」

「なにを言っとるんだねきみは」

……………………」

妹と朗らかにオセロに興じているやつをじーっと、じとーっと振り返って。

「…………………ま、いっか」

なにも見なかったことにして、足を伸ばす。番組はすぐ次の話題に移っていた。

『黄金の果実』

色々なことを、甲板で思い出していた。

日々をボケボケに生きているかと思っていたら案外たくさんのことを覚えていて、少し嬉(うれ)しくなる。自分は自分で思っている以上に、たくさんのことを楽しんでいたらしい。それどころか自身で見知ったことのない記憶まで次々に蘇(よみがえ)った気がする。それはどうなんだ。

ぐるぐるばらばらに、たくさんの記憶が時系列を無視して集っては離れてを繰り返す。

こういうの、なんて言うんだったか……まぁ、いいか。

潮を含んだ、少しざらついたような海風が髪と頬を淡く濡(ぬ)らす。海面を割って進んでいく船が時折揺れて、時折鳴く。揺れに合わせて身体(からだ)が躍ると、生き物の背に乗っているようだった。

飛ばされないように帽子を押さえて、強い風が通り過ぎていくのを待つ。

風の上昇するようなくぐもった音が、どこか心地いい。

少し強い日差しに焼かれた海面の匂いが、いつまでも船を追いかけて泳いでいた。

船内から甲板へ上ってくる足音がして振り向くと、安達(あだち)が顔を見せていた。

「やっほー」

「やほ」

微かなぎこちない返しが、懐かしさを伴うように愛おしい。安達が隣に並ぶ。二人して落下防止用の……手すりでいいのかな？　多分手すりに乗りかかって、海ばかりの景色を堪能する。

「船に乗るなんて久しぶりだね」

言うと、船の駆動音にかき消されてか安達に届かなかったらしい。なに、と口が動くのを見てもう一度、今度は少し声を大きくすると伝わったらしく、うん、と頷いた。

「えぇっと……修学旅行以来？」

「その後にも二回くらい乗ったよ」

覚えてない？　とピースマークを見せると、安達がわたしの指を交互に眺めて、「ああ」と思い出したように顎に手を添える。それからピース越しに覗き込むように首を伸ばし、まじまじとわたしを見る。

「なんですかぁ？」

「しまむらの方がちゃんと覚えてるのが意外……あ、違う違う。不思議、じゃなくて」

言葉選びにつまずいて戸惑う安達の言わんとすることはすぐに分かる。

キャラじゃないって？

そうかもしれない。でも、それもこれも全部、安達のせいだ。

安達と出会ったわたしは今、こういうやつなのだ。

「忘れたくないことが、たくさんあったんだよ。これでも」

黄金、白銀……様々に色づく果実が、過去も未来も照らし出す。

それでも忘れてしまったことを、安達に教えてもらおう。

安達が忘れてしまったことを、わたしが語ろう。

そして二人とも忘れてしまったことがあったなら。

そうしたら、二人でそれを笑ってしまおう。

安達が帽子のリボンに指を伸ばして、確かめるようにそっと押してくる。

「帽子、すごく似合ってる」

「ありがとー」

真っ白いツバに、青いリボン。いつか、どこかの旅行先で買ったお気に入りの帽子。

ふと思い立って、安達の頭に帽子を置いてみた。安達は風から守るように帽子を押さえつつ、わたしに向けてゆっくりと微笑む。笑い方がとても上手くなっていて、その上達の過程をすべて間近で見てきたことを思い出して、なんでか目の上に波が揺らいだ。

「安達も似合ってるよ」

ゆらゆらしてて、いまいち見えなくなってるけど。

安達がふんす、と息を強く吐いて帽子を深く被る。風で易々と飛ばされないようにしてからこちらとの距離を詰めて、ぐわぁっと腕を広げる。そこで一瞬電源が切れたように停止した後、がばっとわたしを抱きしめてきた。

海風に、安達の匂いが混じる。膝から崩れそうなほど寄りかかってくる安達を支えて、わたしからも抱きしめ返した。

「もう離れなくていいよね？」

「うん」

受け止めて、頷いて、確かめて。

安達はやっと安堵したように、わたしの肩に深く擦り寄る。

「これまでからと、これからまで」

ずっとずっと、一緒だ。

『白銀の時間があり』

『私が見上げる夜には』

仲良く、楽しくやってくださいと言われた。しまむらのお父さんに、しまむらと。逃げるように、事実逃げながら居間から離れて、その言葉に思いを巡らせる。奥の部屋に戻って、誰もいないことに安堵と落胆が同時に芽生える。しまむらは今お風呂に入っていて、まだ出ていないみたいだ。部屋の真ん中に正座しながら、まず、仲は良いか考える。

いい。

けっこう、かなり、それなり……とっても、は少し強気だろうか。でもとってもくらいありそうな気はしなくもない。だって……とその根拠を思い返して、耳が熱くなる。

取りあえず、いいと何回も頷く。仲良し。

次に楽しい。心が弾むことを楽しいと表現するなら、間違いなく私は楽しさに包まれている。しまむらと出会ってから楽しくなかったことがない。泣いたり喚いたり暴れたり吐いたり叫び出したりもしたけど、すべてをひっくるめて、しまむらに与えられたものだと思えば今となっては楽しいに分類できそうだった。

私は仲良しで、とっても楽しい。

おぉ、と確認してちょっと感動する。

これなら、娘をよろしくお願いしますと言われたけど、大丈夫そうだ。

安心して、寒さに一度身震いしてから周りを見る。しまむらの机の上に飾るように置かれているのは、やや無骨な石。前に月の石だと見せてもらったことがある。本物かは分からないけれど、しまむらは大事にしているみたいだった。

月。永遠に辿り着ける気がしない、誰もいない星。

しまむらと二人なら、月面に放り出されても死ぬまで生きていられる。

生きていると思いながら、死んで行ける。

そんな気がしていた。

私の望みというものを究極に、どこまでも純化させていったら、しまむらと二人きりになってしまうのだろう。環境とかではなく、しまむら。しまむらさえいればいい。

「…………………………」

自分が時々、少し、しまむらにすべてを注ぎすぎている気はする。

それでも足りないと思うくらいに、夢中になっている自分もいる。

私は他の人より愛とか好意が少ない気がするのだ。

関心の量とか、好奇心とか、そういうものが人より欠けている自覚がある。

だから、少ない愛をすべて向けなければと余計、前のめりになるのだろう。

そういうわけで、仕方ない。

私が見上げる夜には、その月しか映っていないのだから、仕方ない。

他になにもない夜を見続けるだけの人生は、もう考えられなかった。

そして。

「よろしくぅ！」

急に飛び込んできたしまむらがいきなり楽しそうで先制される。

なにがよろしくなのか分からないけど、しまむらのお父さんに続いてまたよろしくされてしまう。今日はそういう日らしい。どういう日なのか分からないけれど、しまむらはもう私なんかよりずっと楽しそうで。

負けるものか、と思った。

本人の醸す柔らかい印象のせいだったのかもしれない。

最初に名前を聞いて、少し経ってから、浮かんだ名前はひらがなだった。しまむら。下の名前は知らない同級生。たまたま体育館の二階で出会い、恐らくお互いがなんとなくに引っ張られて顔を合わせる。そんな日が、二日、三日と重なって、今日で……何日目だろう？　夏はまだ猛り、浮かぶ汗が背中と衣服を張り付けている。意識すると不愉快なので、俯いて、ぼーっとして、極力なにも考えないでいた。

閉じきった空間の空気を吸い込むと、慣れるまでは喉が焼けるようだった。

生温くなったペットボトルの水を少し口に含んでから、ついでに、隣のしまむらを見る。染めたであろう金髪が、体育館の落ち着いた白い壁を背景にすると少し目立つ。夏服を着崩して靴下も脱いでしまっているしまむらは、こんな環境でも眠気を覚えているのか、頭とまぶたがゆらゆらしていた。

眺めていると釣られて、こっちも目を閉じそうになる。起きていたところでやることはないのだけど、やることはとてもあるはずなのだけど、見なかったふりをして、教室から遠い場所にいる。みんなが授業を受けている時間に、全然関係のない場所にいるというのは、不思議と悪くない気分になるのだった。その高揚に似たものを、上手く説明することは私にはできないけれど。

それも一人ではなく、二人で。

私は、人といるのが苦手だ。不得手で、落ち着かなく、焦り、満たされない。

独りが向いている人間なのは間違いない。

でも今は、しまむらと一緒にいる。

「安達さぁ……」

しまむらがなにか言いかける。声はお互いのまぶたみたいに、緩くまどろむ。

「なに？」

目を動かさないで、唇だけが微かに開いた。

「学校……」

気怠そうなしまむらの声はそこまで聞こえた後、少しの間を置く。

その間を、少しずつ弱くなっていく蟬の声が通り過ぎていった。

「やっぱいいや」

「中途半端だと、ちょっと気になるんだけど」

「気にしてるといいよ。それで、またここに来ることになるわけ」

夢を一舐めするような、わずかに柔らかい言葉遣い。

楽しさで、ピンポン玉みたいに少し跳ねている。

しまむらも案外、二人でいることを楽しんでいるのかもしれない。

「なるほど」

それなら、語ってしまわない方がいいのだなと納得する。

学校になんで来てるの、とかそんなことを言いたかったんだろうなと察した。

来ても授業を受けないで、こんなところにいて。なにが嫌で教室に背を向けたのか、そのときの思いやちょっとした抵抗はもう曖昧だった。しまむらも、似たようなものなんじゃないだろうか。

私たちには理由がない。教室に行かないわけも、ここに来る動機も。

だからきっと、なにをしていいのか分からないのだ。

そんな私たちに、どんなに些細(ささい)でもここに来る理由があるなら……なんというか……メリハリがつくかもしれない。朝起きて、ああしよう、こうしよう、と一つでも指針があれば、少しは歩きやすそうだった。

それが常識や規則に反する寄り道だったとしても。

もう少しくらい、夏に埋もれるように過ごすのも悪くない。

そこから這い出(はいで)たとき、きっと、私はまた一人で歩き出さないといけないだろうから。

『龍槌(りゅうつい)』

隣の席の安達(あだち)さんは、本当に頭が動かない。

授業中、目が黒板と机の上のノートを行ったり来たりするだけで、頭の向きや位置がほとんど動かないのだ。集中力が凄(すご)いのかと思ったけれど、単に周りに関心が一切ないだけかもしれない。同じクラスになってから、他の人と話すのをほとんど見たことがない。

物言わぬ中でも、あ、興味ないんだろうなと感じさせるくらいには纏(まと)う空気が乾いている。

薄暗い場所で静かに輝くようなその瞳に、周りが映ることはなさそうだった。

私だけじゃなく、教室中の人間の名前も知らなそうだ。これで見てくれがまったくよろしくないなら完全なる空気なのだけど、安達(あだち)さん、視界に入ると無視しきれない程度の美人さんなのである。なにもしていなくても、ただ座っているだけでも存在感を放つ程度には。

ここまで教室内で突出して麗(うるわ)しいと、ちょっかいかけてみようかなと思う気持ちと、塩い対応されて腹立つのも嫌だなという面倒くささが時々戦う。そしてそれは必ず塩対応の想像が勝り諦めてしまう。まぁ、私らのグループに混じってにこやかに談笑している安達(あだち)さんなんてあり得なさそうだし、実際に見たらなんか違うなって思いそうだ。

無口で、気位が高いわけでもなさそうなのに周りにここまで目を向けないその無関心さが崩れたら、どんな風になるのか興味はあるけれど。それを見る機会が私に巡ってくることはなさそうだった。

誰かがそのうち、そんな安達さんの視線を独り占めするのかもしれない。

そうなったら優越感凄いだろうなぁと想像しながら、今日もお互いに干渉せず授業を受ける。

隣の席という役得で、時々、その氷細工みたいな横顔を眺めながら。

『翔閃（しょうせん）』


「いらっしゃいませぇ！」

「ご注文お決まりになりましたらお呼びくださーい」

「はぁいただいまぁ」

「ありがとうございましたぁ！」

「…………………………」

急に隣の店長がしなを作る様を横目で眺めていると、こっちを向いて人差し指を曲げてきた。

「リピーツ」

「え？」

「こぉんな感じに早くなろぉ」

どういうのだ？

「お前、声の調子と表情が一種類しかねーのヨ」

「はぁ……」

「愛想（あいそ）云々（うんぬん）より興味ないのが露骨なんだよねー。ま、アルバイトに興味あるやつの方が珍しいか？」

カッカカカ、と肩を揺らして奥に行ってしまう。つまるところ、接客態度の改善を要求されたみたいだ。それより服装の改善が通らないものか、とチャイナドレスの裾を摘む。

自分としては問題なくこなしているつもりなのだけど、どこか不足しているものがあるらしい。

まだ客の入る時間ではないけれど、手前のテーブル席に思いを馳せる。

椅子があって、テーブルがあって、時々奥の壁の飾りが目に入って、そして人が座る。

……それだけだ。

平面を眺めているように、なにも浮き上がってこない。

なにを見て、どこを捉えて、どんなことを思えばいいのだろう。湧き上がるものはなくて、だからいつも、なんにでも、どんなものにも同じ態度になってしまうのは自然な答えだった。

遠い、ずっと遠いなにかで、好きだった人とか、見上げたものとか、そんなものもあった気がしたけどいつの間にか淡く薄れて消えていった。毎日眠り、目を開けるたびに自分を構成する感情の苔が剝げていく気がする。

なにかを感じるということが、とても疲れて、焦り、もどかしいことを学んできた。その結果が今の私なのだろう、多分。落ち込むように落ち着いて、沈んで、もがこうともしない。

このままずっと、苔も生えない石のように時間の川を流れていくのも悪くない。

なにも起こらないのも、それはそれで気が楽だ。

そうなっていくのだろうと、誰も座っていない、椅子だけが少し曲がった、派手な赤いテーブルを見つめながら、半ば確信するのだった。

『凩』


近いというのはいい。しまむらがおっきく見えるし、しまむらしか見えない。休み時間に教室を出て、喧騒から離れた廊下の奥までしまむらを連れ立つ。話しかける前まであくびをこぼしていたしまむらは、私のお願いに応えて一緒に来てくれる。

「安達どーしたー？」

「あの、授業中にしまむらが、足りなくなって」

「それは、大変ですね」

しまむらが苦笑する。言葉が足りなくて変な言い方になってしまったけれど、渇望しているのは確かなので意味自体は概ね合っていた。授業中、黒板を見つめて手を自動的に動かしながら、ずっとしまむらのことを考えていた。授業をちゃんと受けろと言われたらそれまでなのだけど、しまむらを思い、そこで気づく。頭の中でのしまむらの再現が弱っていた。

細部の精巧さに欠けていた。大体はパッと思い浮かぶのだけど、耳の髪のかかり方とか、目つきの癖とか、指先の細かい形とか。それとしまむらの香りと雰囲気が再現しきれなくて、あ、不足しているなと感じた。そのまま次の授業に入ると、しまむらがますます足りなくなって原形をとどめなくなってしまうかもしれない。それは大いに困るので、こうなった。

手を握りたいと言ったら、しまむらは「どうぞ」と右手を差し出してくれた。その手の指の付け根を一本ずつ押して、感触を確かめていく。

「ツボでも押してくれてるの？」

しまむらが冗談でそんなことを聞いてくる。しまむらを感じているだけなので、もちろんそんな意図はない。でも一応、それっぽい手つきを意識して指を載せる。

「こ、ここですか、お客さん」

「そこ脈測るとこです」

手首だった。確かにそこに指を置くと、肌越しにしまむらの鼓動と出会う。

しまむらが生きている証。しまむらの内部。しまむらの刻むもの。

きっと、他の人はしまむらのこの脈を感じることなんて、ない。

「え、楽しいの？」

「え？」

「頬が緩んでるから」

しまむらに指摘されても、自分の表情は分からない。でも笑っていると言われたなら、そうなのだろう。

「楽しい、とかじゃなくて」

優越感に浸っていただけ。

「すごく、落ち着く」

「落ち着いてるかなぁ……」

へへへへ、としまむらが空き教室の方に目をやりながら笑う。とてもなにか言いたげで、いや分かるけど、と自覚はあった。しまむらといるときの私は、お世辞にも冷静とは言えない。しまむらに触れていないと心がここになく、しまむらに触れているとふわふわと浮き足立つ。どうにもならないなぁと諦めながら、握手会みたいな構図で、五分くらいしまむらの手を握っていた。自分のものではない人の手に、こんなにたくさんの感情をくすぐられている自分が不思議で新鮮で、困惑の海を漂う。だけどその浮き上がる感覚は決して不快ではなく、本当に、安心でさえあった。

「ありがとう」

「ん」

休み時間が終わりそうなので、名残惜しくも離す。ここがしまむらの部屋であったらいいのに。二人で教室へ戻る途中、一応、謝っておく。

「あの、ごめん」

「ん？　なにかした？」

さっきまで握られていた手を、しまむらがひらひらと振る。

「教室で、眠そうだったから……」

「それはいつものことだから」

しまむらの席は私の斜め後ろなので確認しづらいけれど、たまにこっそり振り向くと、確かにいつも眠そうに目を擦っている。そしてその後は大体、私と目が合う。そのときのしまむらの、しょうがないなぁとばかりに優しく笑う表情が、私の胸をぎゅっと握りしめてくるのだ。

しまむらが、私の顔を見上げて、なにかを見つけたように。

ふっと、年上を連想させるような柔らかい頬と目尻の緩みを見せて。

そして、私より一歩前に出る。

「あのさ、安達が甘えてくるの……けっこう、うん、いいと思ってるよ」

しまむらが少し前を歩いて、顔を隠すようにしながらそんなことを言う。

「かわいい子に頼られるのは、悪いものじゃないですねーって……あはっ」

「あ……」

照れ隠しみたいに少し付け足す、しまむらの癖がこそばゆい。

そういうとき、その前の言葉は確実に本心なのだ。

しまむらは自分の胸の内をあまりはっきりとは明かしてくれないけれど、だからこそ時々、こうしてくるものが波のように私の心を濡らす。

本心が、温かいこと。本心を、明かしてくれること。

どちらもとても嬉しくて、けれど。

あまえんぼうとでも思われるのは心外だ。そこまで、ちょっと、そう、ちょっとくらい、だし。

「あ、あまえんぼ、とかじゃないんだよ」

「それは無理がある」

なっははははとしまむらが本当に楽しそうに笑うので、いいか、いいのか、と小さな自尊心は大人しく引っ込んだ。

これで午後からも、ちゃんとしまむらを再現できそうだった。

離れている間は、頭の中でしまむらと会うしかないのだから。

『旋』

しまむらが好きだ。

「好きだぁ……」

ふしゅるるるる、と膝にくっつけた下唇をなぞって、潰れた吐息がじっくり漏れた。頭と気持ちが体育座りの上でぐらぐらする。泣いてもいないのに、頬が濡れたように温かい。

取り囲む夏と別の枠にある熱で、目の周りがぽわぽわする。ゆらゆらと、波に揺れているみたいだ。

「好きだなぁ、好きだ……好き」

うわ言みたいに気持ちが漏れる。一人でいるときの方がそれを強く意識する。私としまむらの間を迸らんとするものが距離に負けないようにと活発になるからかもしれない、よく分からないけど。

そのしまむらが、私を好きだと言ってくれている。そんな今に、浸っている。

膝を摑む指先に力がこもり、あぁ、ってまた息がこぼれる。

目をつむるとしまむらが見える。重症だけど嬉しい。嬉しいけど末期的だ。見えているから夜も寝つきが悪いのではないかと思っている。不健康と幸せは両立するのかもしれない。

最近のしまむらはいつも表情が柔らかくて、前より更に魅力的に映る。

その眩しいものを見るように細めた目で私に向いて、口元を緩める様を思い返すと隕石が額にぶつかるようだった。実際、顔面をベッドに伏せて相応の衝撃があった。

どこがそんなに好きなのだろう。私の目には既に髪の一本ずつまで光り輝いて見えるから、正常な判断はできそうもない。いやそれが正常なのか、しまむらは常時発光しているのかもしれない。そうかも、と手と足の先が小刻みに上下して肯定していた。

光っているしまむらが好きなら、私は鳥なのかもしれない。

でも光っていないしまむらでもいいかも、とベッドの上を転がる。

光ってないしまむらってなんだ。

同じ方向に寝転がっていられなくて、左右にすぐ向きを変えては吐息を漏らす。

私はしまむらと出会ってから、石段をずっと滑り落ちているようだった。ガンガンガツガツ身体をぶつけながら、目まぐるしく落下している。そこには追いつけないほどの痛みと、景色の移り変わりと、刺激があった。誰もがこんな気持ちで日々を生きているのかと思って周りを観察するとそうでもなさそうで、どうも私だけらしい。

私だけが、しまむらを見つめて転がり落ちている。

その特別感は痛み以上に、自分が生きていることを感じさせてくれる。

会いたいな、と枕に顎を載せながら思う。思ったら、自然と起き上がる。

強い気持ちが肘を支えて、電話に手を伸ばす。

手に取った電話を耳に添えて、「ひゅっ」溜まった変な呼吸はその前に吐き出しておく。

そして。

「あ」

繋がる電話と、その向こうから感じる息遣いに、視界がばぁっと光を帯びる。

トンネルを抜けるような、新天地との遭遇。

しまむらは本人だけでなく、私の世界も輝かせるのだった。

「ちょっと安達に乗ってみていい？」

最初、しまむらがなにを聞いているのかピンと来なかった。乗る？　乗るって、乗るとは？

恐らく一番手近にある乗り物、自転車になった自分を想像する。そこにしまむらが乗る。

「ん、んー……？」

しまむら家の二階、いつもの二人での居場所。たまにはどこか出かけてみようか、なんて話が行ったり来たりしている途中に、急に別の話題が差し挟まれた。なにかを思いついたように、思い出したようにしまむらにしては唐突だった。

「乗る……」

「ちょっとそこに転がってみて。あ、うつ伏せね」

「え、うん……？」

言われたとおり、うつ伏せに転がる。乗る、私のなにに乗るのだ？

なにか行き先を提案して、それに乗っかるということだろうか。

……そんな具体的なこと言ったかな？　それと、このうつ伏せになんの関係があるのか。

さっぱり要領を得ないまま、普段はあまり気にしない、壁の低い位置をぼんやり眺めていると。

影がまず側に降り立ち。

音と気配が寄り添い。

人の形をした温度が、私を覆った。

温かさが輪郭線を溶かして、柔らかさに変化していく。

「…………………………」

遅れて、後頭部を叩きつけられるような理解。

走る電流が火花を生み、目の中で散らす。

「は…………」

かへっかへっかへっと悲鳴が掠れる。目が重い、潰れそうだ。

乗るだった。

そのままだった。

しまむらが、私の上に乗ってきた。

……乗る？

…………………………乗る！

乗っかっている、しまむらが。私に。身体に。背中に。しまむらの服と肌がかつてないくらい私に密着して、して、しっ！　ちげっぷ！　心まで舌を噛んで血を噴出させていた。

太ももの裏にも心臓が増えたように激しく跳ねて、本物の心臓の方は確実に硬化している。喉が裂けて、そこから黄ばんだ液体が染み出るようだった。

耳鳴りが繁殖して、頭の中にも押し寄せては吐き気をもたらして、しかしそれがやっと、今起きていることが現実であると認めさせるきっかけになる。

現実の肉体が、しまむらと私のそれが、重なっている。

しまむらの前面が、私の後面と、ぐっと、ぐーっと、くっついて。

じゃあ背中に当たっているのそれ、とか。

足が重なって、動けなくて、とか。

とけとけとけとけ、と明瞭ではない変な声が歯の間を通り抜けていく。

溢れかえった血の水面にどぶんどぶんと飛び込んでいるようだった。

「なるほど、こんな感じか」

なにが？　なにが、なにが、なにが、なにが？　なぅえなぅえぇぇぇなに？

「いやわたしさ、姉だから。人を乗せることはあっても、乗ったことないんだよね」

しまむらがなにか話しているけど、こっちは顎がかくんかくん上下するだけで声が出ない。

段々と肘から先が震えてきた。おかしい。しまむらと、こんなに触れあっているのに。

風邪を引いたような悪寒と全身の震えと頭痛が一斉に襲いかかってくる。

幸せを感じるどころか、命がすり減るのを実感していた。

「あったかさの塊がこんなに近いと、確かに眠くなるかもね」

今この状況で寝られたら死ぬ。私が干からびるか血を噴き出して死ぬ。死に方の選択があるだけで、死ぬ以外の可能性はない。

「ねぇぇうぇうぇぇぇえや」

「なんて？」

「ねぇぇうぇうぇぇぇえや」

「なんでそんな不明瞭なのを正確にもう一回言えるの」

なにがおかしいのか、しまむらが私の背中の向こうで大笑いしている。こっちはがんばって訴えかけようとしているのに、まったく伝わらない。日が沈んだように耳の裏あたりから夜に包まれていく。正常にすべてを受け取っていたら頭が壊れるので、感覚をいくつか遮断させているのが分かった。

「あったかさが上と下どっちにあるかで結構変わる……あ」

言いかけた途中で、なにかに気づいたような。そんな声が上がる。

「そっか」

しまむらが背中の上でもぞもぞ動く。もぞもぞ動いてる！　こめかみのあたりでぴちぴちと、なにかの切れる音がする。そしてしまむらの手が私の肩を掴み、寄せて、肉薄して。

自己防衛のために意図して落とされた感覚が強制的に復帰する。

「すごい近いね、今」

そう耳元で、ささやくように言われたところで限界だった。

自分の身に起きたことを言語化できる範囲を超えて、あとは。

卵の殻が割れるように、私を守っていたものが割れるだけだった。

『としまむら』

脇に置かれていた看板に、そう記されていた。

なにこれ、と思わず呟（つぶや）く。工事現場の前に置かれるようなそれを上から下へ眺める。

『としまむら』。適当に頭の中で漢字に変換したら凄（すご）いことになった。頭を横に振ってかき消す。しまむらは関係あるのだろうか。私が見ているものである以上、しまむらと関係ないはずがない、と思う。いささか照れた後、首を傾（かし）げて、なんだっけ、と視線と思考が迷う。

自分がなにをどうしてこうなったのか、記憶を切り取られたように思い出せない。

ただ、自分が町中に突っ立っている。格好は制服だから、登校中なのか、下校していたのか。

今日はバイトがあっただろうか、と曜日も分からない。

立（た）ち惚（ほう）けていてもしょうがないので、進んでみようとする。そうして動くと、看板が『安達（あだち）としまむら』に急に切り替わってびくりとする。

立ち止まり、看板を凝視したまま一歩引く。

「あ、戻った……」

としまむらに逆戻りだ。私が足を踏み出すと、すぐに『安達（あだち）としまむら』になる。

そういうものらしい。

改めて、正面を見る。

いつも通りすぎる背景程度に思っている町とは異なる、見知らぬ景色だ。私の立つ傍らには、小さな駅が窮屈にホームを形成している。なにが狭いって出入り口と思しき通路が狭い。手すりも設置された斜めの出入り口は人がすれ違うのもぎりぎりの幅しかなく、賑わう時間帯には混雑して大変だろうと思った。その上に小さな看板を掲げて、脇には最近では見かけなくなった公衆電話のボックスも設置されている。

少なくとも、利用した覚えのない駅だ。

奥には陰に包まれるように売店があって、多くの人影の背中が蠢くのが見える。正面の細い道路を覗いて、その静けさを感じた後に、異質さを遅れて悟る。目を擦っても、拭えているのかも分かりづらい
そうした景色がなぜか、白黒の二色に纏められていた。

世界は白と黒で表現されていた。

……夢かな?

少し進んでみると、更に驚愕する。

しまむらがたくさんいた。

道路の向かい側にしまむら、自転車に乗るしまむら、自販機の前に立つしまむら。

町にはしまむらしかいなかった。道行くしまむら、建物の窓から顔を出しているのもしまむ

ら。電車が来たので待ってみると、わっとしまむらが溢れてきた。こちらもわっとする。

なになに、としまむらだらけの町に驚いてふらふらと頭がさまよう。

色んな服装のしまむらもまた、町に合わせるようにモノクロだ。

しまむらしかいない町。

いいな、とまず思った。それからおかしいと遅れるように思う。

何人ものしまむらとすれ違い、そのどれもに穏やかな表情を見出す。それを横目に眺めながら、夢でも見ているみたいだとようやく理解する。いつ寝て、どこで見ているのかが思い出せない。まさか、死後の世界というわけでもないだろう。

そんなものを迎えるほどの長い時間を、しまむらと過ごした記憶はない。

あるならばきっと、忘れるはずがない。

この空の向こうにはまだ、私の現実がある。

どうやって戻ればいいのかは分からないけれど。

自分の足を軽く踏んでみる。痛みを感じるまで、と思ったけれど重ねて、感触がないことに気づく。まったくないわけではないけれど、曖昧で、確かなものに行き着かない。刺激で目を覚ますことはできそうもなかった。そうしてから正面を向いて、足を前に出す。

町の中を目標もなく歩き続けて、しまむらに染まった町に紛れる。考えてみると普段の私もしまむらしか見ていないのだから、これは物事を正しく映した世界なのかもしれない。なに言っているのか分かりづらいけど、感覚は納得していた。

右を見てもしまむら、左を見てもしまむら。そして正面にも、しまむら。

驚く。

目の前にしまむらが立っていた。このしまむらも白黒だ。

他のしまむらと違うのは、私とちゃんと目を合わせていることだった。

しまむら、と私が声を発する。

応えるようにしまむらの唇が動くけれど、声は届かない。

聞こえないよ、と言う。

しまむらは困ったように頭を掻いて、持っていた鞄からノートとペンを取り出す。

そしてページの真ん中に書き込んだそれをこちらに見せる。

『おっけぃ？』

お、おっけぃ。

こちらの声は届くみたいで、しまむらが笑う。そうして、しまむらが駅から離れるように歩き出す。私は親の背中を追うように、自然とそのしまむらの後ろについていく。

そのしまむらの背中を見つめていると、不思議に、周りの景色が目に映りづらくなる。

これは夢？

私が問うと、しまむらはまた筆談で答える。

『自分の心を覗くことを夢と呼ぶのなら』

私の心？

疑問は、走り出す電車の音に呑まれる。駅から離れる電車は無人だった。

『安達が来ると嬉しいんだ。みんな動けるから』

動ける、と首を傾げると丁度、私の最初に立っていた場所へと戻ってきて看板を指差す。

ああ、と理解する。安達としまむら。私が来て、看板は完成する。

そうでないと、としまむらでは機能しないみたいだ。としまむらってなに。

『いやぁしかし、安達の心は凄いね。わたししかいない』

それは知ってる、とぼそぼそ言う。現実のしまむらにこんなことを言われたら、ぼそぼそする余裕さえなく固まってしまうだろう。感覚が希薄な夢現であってよかったと思う。

でも、私の心は白黒なのか。

『未完成だし』

未完成？

『ここは安達の建てたお墓みたいなものかな』

お墓、と不穏にも聞こえる単語が出てきて眉をひそめると、しまむらが言う。

『いつか肉体が限界を迎えた後に、安達が望む安寧』

心の教えは、深い説明がなくても私の指先にまで染み入るように行き渡る。

そういうこと、と思った。
しまむらしかいない世界。……いや、私としまむらしかいない町。
それが私の行き着く先に願うもの。
ありふれた天国なんかより、魂の望む居場所。
『あっちに行くと海もあるんだよ』
しまむらの指し示す方を見上げると、モノクロの空が滲(にじ)んでいる。
僅かに見える海の表面と溶けるように。
『今は浜まで行けないけど』
どうして。
『海にほとんど行ったことがないから』
そういうことか、と納得する。海。しまむらと海。いつか、行かないと。
『今はまだ住んでる人にも多様性がないね。高校生のわたししか知らないから』
同じ顔の列を眺めてしまむらが苦笑する。
確かに、しまむらと出会ってから一年しか経(た)っていない。
変わりはしても、劇的ではなく。
町中が同じしまむらだらけな意味を理解して、なるほど、となる。
完成のためにはもっと、幅のあるしまむらが必要だ。

つまりこれから、たくさんのしまむらを見ていく必要がある。
高校を卒業したしまむら。成人したしまむら。もっと歳を取っていくしまむら。
そして、共に老いていく私。
それを見届けて、完全なる世界を作り上げる。
完璧な、私としまむらの世界。
そんなことを願い、実行に移しているのが私らしかった。
勿論、この心にいるのは本物のしまむらじゃない。
でもしまむらと言葉を交わして、想いを巡らせて、触れて、重ねて。
そこには確かに、『私のしまむら』がいる。
しまむらから出た言葉がある。しまむらに貰ったものがある。
すべてを心に残して、共に、ありたい。
死んでも、しまむらと一緒にいたい。
私の願望は生きている間に留まらないらしい。けっこう、壮大で、途方もなく。
でも案外、生きる意味なんてものをちゃんと見つけているんだと思った。
聞いてみれば確かにここは、私のお墓で。
終わりの先にある、私の希望だった。
たとえこの記憶を起きたときに失ったとしても、答えは日々の当たり前の中にある。

心が、そう出来上がっている。

だからなにも心配なんてなかった。

私はいつか、ここにやってくる。

まだ遠い月日を重ねて、私の命が終わるとき、この世界にまた来ようと思う。

その出来映えに、今から胸躍らせる。

町を一巡りした後、振り向いて無言で見つめてくるしまむらに、また会うからと約束して。

それを告げた後、私の意識は薄く広がるように浮き上がる。


「居眠りとは珍しい」

耳たぶにそっと触れるように、なにか聞こえる。

突っ伏した暗闇を剝いで、顔を上げる。

「おはよう」と柔らかい笑みが見える。

光が裾を取り払い、世界が色づいて、一番聞きたいその声が私を出迎えた。

『つまずきそうな、小さな段差』

　しまむら家にお泊まりする日は、いつも角張る。

いやならないけど。膝と肩がカチカチになって、座っていると自分が長方形になったと錯覚してしまう。乾いた切り餅になりつつある私は鞄を再度開いて荷物を確認する。何回目だろう。全部使うわけでもないのに鞄の中身はいっぱいで、手の入る隙間もない。自分の気持ちみたいに、持っていきたいものが多すぎる。なにか足りなかったら失礼かなとか、そんなこと思うような相手じゃないと分かっていても、心配は尽きない。

　棚にあるデジタル時計を見上げて、時刻を確認する。行くと約束した時間まで、まだ大分あった。立ち上がって、部屋の中をウロウロする。ベッドに座って、寝転んで、またすぐ起きる。

　時間はあるけど、部屋を出ようと思った。

　いつものことなので、また自転車でうろついて時間を潰せばいいだろう。

　自分の家が一番、やることがない。

　重い鞄を背負って階段を下りる。洗面所に寄って、髪と化粧を最後にまた確かめる。しまむらと出会う前はほとんど覗かなかった鏡と、今は毎日意識して睨めっこしている。

　前髪の位置を直してから、玄関に向かった。その途中、内臓が重くなるのを実感しながらリビングを覗く。お母さんはソファに座って、携帯電話をぼんやり眺めていた。

「あ、」

あの、お母さん。

が、上手く言えなかった。

振り向いたお母さんが、鏡の前にいる私とよく似た目つきでこちらを捉える。

「なに？」

声も、似たようなものだった。少し警戒するような、落ち着かないような調子。

自分にとてもそっくりで、理解は簡単なのに。

なぜか、上手くいかない。

「今日は、泊まってくる、から」

なぜかもなにも、答えは簡単だった。

私たちは、自分みたいな人間が嫌いなのだ。……多分。

「どこに？」

「友達の、家」

「そ」

小さく頷いたお母さんが、すぐに目を逸らす。話は、終わった。

これで離れられるという安堵と、ぎこちない自己嫌悪が半々に心を埋める。

「友達ね……」という呟きを耳たぶに引っかけながら、家を出た。

友達がいておかしいのか、驚きなのか。自転車を引っ張り出して、鍵を外す。

呼吸がどこか遠い。

お母さんとの間にあるものを見つめていると、熱を伴う汗が首筋にぽつぽつと浮かぶ。その汗を吹き飛ばすように、ペダルを強く踏み込んで自転車を加速させた。

お母さんのことが嫌いなわけじゃない。でも、自分みたいな人間だから、嫌いだ。

矛盾しているけど、感情は両方ちゃんとあった。

私は自分が基本的に嫌いで、でも好きになる瞬間はある。

しまむらを見ているときの私は、笑っているしまむらの近くにいられる私を少しだけ好きになれる。なにも上手くいかなくて後悔ばかりして、つまずきそうな段差に何度も足を取られそうになる。それが私にとっての人付き合い。

転ぶのは、嫌だ。痛いのは嫌いだ。

でも待っていてもしまむらはやってこない。

眠そうな顔をして、なにか言いかけて、でも、わざわざ来てくれるほどではない。

だから、行く。私から、行く。

しまむらの前へ、転びそうになっても走っていく。

『築城を始めるばい』


その日は潰れしまむらを楽しんでいた。

潰れしまむらとは、休日のソファに寝そべってべたーっとなっているしまむらが可愛いなぁと愛でることだ。側に座ってんふんふ楽しんでいたら、そのしまむらが話しかけてくる。

潰れたまま横着に、ぴょこぴょこ手が上がった。

「安達って、今の目標とかある？」

「目標？」

「仕事の目標とか。こういうとこ目指していますみたいなの」

目標とか一切なさそうなのが目に見えるしまむらが、聞きながらじたばたしていた。

「そういうのがあったら仕事にもうちょっとやる気出るかなぁと」

「私は……そういうの、あんまり考えてないな」

仕事中なにを考えているかというと、大体しまむらのことである。しまむらと一緒にいるときは、もちろんしまむらのことしか頭にない。これでよく仕事が務まるものだと我ながら思う。

「念願の海外旅行も行けたし、目標がなくなった感があってさ」

「そうだね……んー」

そういえば、やる気あるしまむらって滅多に見る機会がない気もする。いつも柔和に笑って物事を上手く受け流している印象が強い。そこが素敵なのだけど、他のしまむらも素晴らしいことは私が誰よりも知っていた。

やる気に満ち溢れたしまむら。

私の知らないしまむらは、見逃せない。

どっちかというと、それが私の人生の目標なのだろう。

しまむらを追いかけ続ける自分こそが。

「じゃあ……いつか二人で会社を作る、とか？」

仕事を続けて、経験と貯蓄が積み重なっていったら最後に行き着くのはそんなところなのかなぁと漠然と、適当に言ってみた。しまむらが眠そうだった目を丸くする。

そして、潰れしまむらがソファからずるずる落ちてきた。

「いいかもね、それ」

切れ悪く滑り落ちたしまむらが、意外な乗り気を見せる。床に転がったしまむらが、「会社かぁ」と頬杖の中で目を細める。こっちとしては半分くらい冗談だったのに、検討している素振りを見せているので驚く。

しまむらはマンションの室内を寝転んだまま、窮屈そうに見回して、笑う。

「二人だけの国」

「え？」

「二人だけの国があり、お城まで作る。それも悪くないと思ったのだ」

言ってから、しまむらの足がばたばたと上下に躍る。

国。お城。二人の、思い描いた居場所。

こちらも、その言葉の響きが気に入ってしまう。

「いいね」

「よーし、会社作っちゃうぞー」

本気の度合いがいまいち分からない、しまむらの海老ぞりみたいな諸手上げに笑う。

「どっちが社長やる？」

「それはー、しまむらで」

「じゃあ社名もし○むらかぁ」

「それは、どうかなー……」

まさに、夢みたいなお話で。具体性がなくて、いい加減かもしれなくて。

でも、そんな話を穏やかに、寄り添いながら交わせることに、休日の微睡むような幸せがある。

叶うかも分からないから、それは夢に相応しかった。

『原点の感触』

始まりは、夢だった。

しまむらとキスをする夢を見て、そこで今の私が生まれた。あれから、自分を構成する要素がすべて知らないものに変わっていたことに、日々気づかされる。だから、新しく生まれたと表現するのが一番適切だった。

少しの嫉妬深さ。ちょっとだけ思い詰める癖。大事なものをじっと見つめてしまう時間。

誰かを好きになる自分。

デートの約束をしただけで夜、ろくに眠れなくなる私。

それはいい加減克服した方がいいと思った。

それはさておき、あれ以来、一度として同じような夢を見たことはない。私の覚えている範囲では、ない。そもそも、夢をあまり見なくなった気がする。現実で心がジタバタしすぎて、夜にはそんな元気もなくなっているのだろうと思う。だからいつの間にか忘れていて、でもふとしたこういうときに思い出す。

キス。キスって、どうなのだろう。

どうとは？

どうと聞かれても、困る。自分で尋ねて、自分を追い詰める。

しまむらと唇を合わせる。唇を、と意識するだけで頭がかくんと左に折れた。迫りくるものを避けるように、逃げるように。部屋に一人だったら伏せて、床に顔を押し付けていただろう。倒れそうな頭をなんとか真っすぐ戻して、遠くの壁に目をやるように焦点をぼやかした。

私としまむらは恋人で、こいびと……「へぇっへ」確認するだけで変な声が漏れた。咳払いでごまかす。すぐに脱線して幸せに飛び込もうとするのを抑えて、お付き合いしているわけで、と心を硬くして事実を鼻の先に置く。付き合っていて、好きで、恋人で……じゃあ、願ってもいいのだろうか。

夢見てもいいのだろうか、今度は現実で。

今のままでも溢れるほどに幸せで、振り回されて、こぼれるそれを掬いきれないのに更に貪欲になっていく。欲望に際限はないというけれど、本当だった。他のことには大して興味がないのに、しまむらのことに限っては終わりがない。無限に生まれる始まりに乗って走ろうといつも必死だ。

でも、キスしてみたいとして。

どんな聞き方が適切なのだろう？

キスしていいですか？　キスさせてください？　どっちも聞けるか、って目の下に溜まった熱いものが訴える。他の恋人たちは、どういう雰囲気と流れでそこに辿り着くのだろう。

やっぱりこういうのはお互いの気持ちが一致して、と人差し指を重ねるけれど。

しまむらだって、そういうことしたいとか思うのだろうか。

結構前にも、似たような話をした記憶が朧気にあった。なんで霞んでいるかといえば、恥ずかしすぎて頭が真っ白になっているからという簡単な理由だ。しまむらとの思い出はそんなものが多い。私が日々不安で不安定なのは、実はそのせいなのではないかと最近疑っている。

もうちょっと、落ち着いて生きてみたい。

昔の私はそれができていた。二人目の私はでも、しまむらを知ってしまった私には、遠い過去でしかない。でも流石に慌てて飛び跳ねようとしたら多分下半身が置き去りになって見るも無残になるので、慎重に、一段ずつ崖に手足をかけていこうと思った。

ちなみに今、しまむらは目の前にいる。

しまむらの家へ遊びに来て、なにをするでもなく二人で過ごしていた。そういう時間が増えていくことに幸福を見つけながらも、私は急かされるように走り続けている。

こんなにも生き急いでいる私と違って、しまむらは手で口を覆いながらあくびしている。

かわいい。

その目の端に浮かんだ涙を拭うのを見届けてから話しかけてみる。

テーブルに手を置いて自然、前のめりになりながら。

「し、しまむら……さん」

「はいなぁに」

へなっと先端が萎んだ声で呼びかけると、しまむらが頬杖から顔を上げる。

「なんで笑ってるの……」

「いや、安達がまたおかし……面白いこと言うんだろうなと思って」

その期待感、と唇の端が緩んでいた。面白い、面白く言う。いや無理。

「く、唇に」

「ん？」

「……さ、わらせてもらえたらなぁ、って」

目がぐるぐる回っているのを実感すると、髪の生え際に汗まで滲み始める。

これが今のせいいっぱいだった。

「んー……はぁ。いやいいけど」

しまむらは、私のお願いを大体受け入れてくれて、嬉しい反面、断られたらということをいつも考えていて胃が痛い。しまむらのことは信じていても、自分のやることには未だ疑っていた。だって私、時々自分でもおかしいなと自覚するときがあるから。

「上と下どっち？」

「……両方」

片方にだけキスするなんてこと、あるのか分からない。しまむらがテーブルを回って、こちらに寄ってくる。自分からお願いしておいて、近寄るしまむらに情けない悲鳴が漏れそうだった。

おかしいだけで面白いことではなかったからか、しまむらが笑顔こそないものの顔を近づけてくる。こちらが迫ったらそのまま、唇がくっついてしまいそうな勢いなのでギョッとした。

「じゃ、はい。どうぞ」

「はい……」

しまむらの唇に、垂直の人差し指が震えながら重なる。しまむらはなんだこれとばかりに、私の指先をじっと見つめている。私にもよく分からないけど、しまむらの唇を知るのに、こう、第一歩に、ならないだろうか。これまでほとんど触れたこともない、しまむらの唇。

自分の指の方が煮えたぎるように熱いということを、一番に感じた。

唇の感触が指に吸い付くまでの間、正座のままじっとする。首筋がどくどくと、血流の活性化を語っていた。しまむらが不思議そうにしているけれど、私にもこれが前に進んでいるのか分からなかった。アピールにしても、遠回りが過ぎている。

心臓が痛くなってきて、人差し指を離す。離れてもちゃんと、しまむらの唇の程よい厚みと触り心地を運んでいた。

この感触を、指以外で受け取るのが、キス。

しまむらの唇に触れた指先をじっと見ていて。

ふっと、近寄せて、自分の唇に。

「へぇ？」

「あっ」

無意識にやってしまったことに血の気が引く。その一部始終を見届けていたしまむらが丸くした目の中で、私の顔が赤色と青色を往復していた。信号機みたいと昔に言われた気がしたけど、納得の表現だった。

「あー」

しまむらが珍しく私から、逃げるように顔を逸らす。

「あれだね……あだちっちは、今のアピール？」

「い、いやいやいやいあや」

ノノー、ノーと手と頭を横に振る。しまむらの目がその動きを確かめるように追って、小さく挙手する。

「今から質問します、正直に答えてください」

「ぅはい」

前にもこんなことがあった気がする、と何回目かの既視感に襲われた。

「キス、したいの？」

しまむらが言葉選びは直線に、でも探りを入れるような調子で私の目を覗いてくる。

しまむらはいつも、こうやって私から逃げ場を奪う。

そうしないと話が進まないからこれは、きっと優しさなのだ。

はっきり聞かれた以上は、こちらも、ちゃんと答えたい。

それができるくらいには成長したはずだ、私も。

しまむらと自分を、信じられるようになったはずなのだ。

「したい、かは分からない。でも考えるとどきどきして、ちょっと、泣きそうになる」

涙の予兆を感じる理由は分からなかった。やはりそこが私の原点であり、生まれた場所に近いからだろうか。しまむらと（夢で）唇を重ねて、私が誕生した。つまりしまむらの唇が、私を生んだ。神話みたいだ。感心してから、若干気持ち悪いこと言ってないだろうかと不安になる。

「ふぅん……そういうものですか」

そんな意図はなくても咎められているような調子に聞こえて、肩と首が縮こまる。

私が亀だったら一晩は甲羅の中にすべてを引っ込めて悶えながら過ごすだろう。

などと、別の動物になっている間に、しまむらは。

「じゃあ、えぇっと、どうぞ」

「ふぉ……？」

どうぞ、という簡単な一言が側頭部を綺麗に叩いた。飛んできたなにかの尖った部分が易々と頭皮を貫いた感じだった。その部位を手で確かめてみるとなぜか無事だし、死んでいないみたいだった。

「どうぞ……？」

「いいですよってことですよ」

アホのオウム返しに、丁寧な説明が返ってくる。

理解する前に、喉が潰れて息が掠れた。

「唇を重ねるってどういう意味があって、どんな気持ちになるのか……ちょっと、興味ありそうだから」

他人事めいた口調で逃げるように、しまむらが、うっすらと頬を染めた。

私じゃなくて、しまむらが。

それだけでこれから起こることを激しく理解して、鼓動の圧に耐えきれなくて額が破れそうだった。ずるずると、腐り落ちたように不確かで重い身体を引きずってしまむらに寄る。

いいのか、と空気に問うと、いいのよ、ってしまむらからの返事を受け取った気がした。都合のいい幻聴を感じ取っているだけだと思われる。破裂しそうな頭をふらふらさせて、顔を動かす途中で喋ってもいないのに舌を噛んだ。痛烈な痛みと血の味も、すぐに鈍くなって意識から散る。それどころではなかった。しまむらの肩を激励でもするような勢いで摑む。しまむらの肩がびくっと跳ねて、不安になって目を覗く。しまむらは私を落ち着かせるように、鼻までうっすらと染めた顔をゆっくりと微笑(ほほえ)ませた。

見た途端、せき止めていたなにかが溢(あふ)れ出(だ)しそうだった。

緊張のあまりに逆流しそうな胃液かもしれなかった。

顎が震える。唾を飲み込むと本当に胃液の味がしたので危ないところだった。まさか私の酸(す)っぱい胃液をしまむらに届けるわけにはいかない。でも今絶対情けない顔になっている。浪漫(ろまん)なんて介入する余裕もなく、必死、瀬戸際(せとぎわ)だった。脳の一部がぐるぐると縦回転しているのが伝わってきて、三半規管も壊れて色んなものがねじくれていた。しまむらの唇が迫るにつれて、どんどん体調が悪くなっていく。辿(たど)り着(つ)く前に死ぬのではないかと本気で心配だった。

死ぬ前にせめて、と焦燥が膝を滑らせて、身体(からだ)を予想以上に前傾させる。

甘い前置きも挟むことなく、しまむらに、重なる。

ぶつかる。

加減が分からなくて、思いの外、強く顔が当たった。鼻は位置取りを失敗してお互いのそれを潰し合い、頬骨の感触を交換する羽目になる。顔の各部位が悲鳴を上げる、ただの衝突だった。失敗したと血の気が引いたり、もう正に目の前でしまむらの瞼(まぶた)が動くのを感じて沸き上がったりするものだから意識が本当に飛びそうだった。

唇が当たっているのか確証がない。額までぐりぐりと当たって顔のくっついていない場所がどこか分からない。しまむらの睫毛(まつげ)まで当たる距離が続いて、正気を保つのが難しい。

口を意識して顔を更に動かすと、ごりっと硬いものを削る感触がした。

そして恐らく私が悲鳴を上げて飛び退く。

今の、今の。しまむらの、前歯だ。

しまむらの内側にまで触れてしまったような禁忌と背徳に、ひっ、ひっと恐怖が漏れる。

喜びは麻痺して、必死で、目が乾いていた。恐らくまばたきをずっと忘れていた。

しまむらは潰れた鼻やら額やらを撫でて、目を瞑っている。

ごめんとか痛かったとか、本当にできたのかそうでないかとか、混乱と謝罪が混濁し、混迷し続ける。なにから言えばいいのか整理がつかない。息が乱れて、脳が軋んでいた。

分かるのは、多分、私のキスは驚くほどへたくそだったということだけだ。

半分くらいはただの頭突きだった。

これは後になって、その不器用さに死にたくなるやつだった。

でも後できっちり死ぬとして、まだ生きている今を見つめ続ける。

しまむらの指先が唇まで行ったところで、目を細めて。

「これ、安達の血の味だ」

血。舌噛んだやつの残り。頭が回らなくてそれがなにを意味するのか反応に遅れていると、しまむらはそれを吐き出すことなく、飲み込んでしまった。

そして、言う。

「違うんだね、自分のと……血の味って」

残滓を味わうような、微かな喉と舌の動き。

心臓が下から殴られて吼えるような、激しい隆起を起こす。

ただ、ただ、息苦しい。

私の血を舐めるしまむらを、姿を、仕草を、瞬間が。

確実に、私の頭になにかを刺し込んだ。

黒いトゲトゲの目立つ杭が、頭にずぶずぶと沈み込んでいく。

その刺し傷から垂れ流れるものは血のように鮮やかではない、深く黒い液体だった。

「というわけで、キスをしたカップルになりましたー……みたいな」

へへへ、としまむらが頼りなく笑って、曖昧にピースマークを作る。ぼぉっと、耳鳴りが続いたまま視界の端で腕が動いていた。他人事の距離でそれを眺めていた。

しまむらの肩に、不安定な飛行を描いた手が下りる。触れた途端、手のひらの強烈な熱を自覚した。血の巡りが際限なく加速して、血管を泳ぐのに飽き足らず指先や目元から溢れかえっているみたいだった。

す。

「好き」

好き、だぁ。

それしか口元に原形をとどめて残っていなかった。他には、しまむらの唇の感触しかない。

夢に触ったという、不確かな現実しか。

微笑(ほほえ)んだしまむらのその頬が、ゆっくりと、赤く染まっていく。

見届ける眼球からなにかが入り込み、私が溶けるように壊れていく。

そしてすべてが消えた上にまた、別の私が生まれていく。

しまむらに殺されて、しまむらに産んでもらう。

今送っているのがそんな人生であることに、血が涙の代わりに叫んでいた。

『二人だけの国』

「まず家事はさ、分担するか当番制にするか」

「んー……」

しまむらからの議題に、まだほとんど手をつけていないドーナツの穴を見つめながら考える。

お互い、毎日の予定が決まっているわけではない。忙しい日もあれば、そうでない日もある。そして忙しい日に家事当番が回ってくることを考えると、当番制は現実的には思えなかった。

「手が空いている人が、やるべきことをやる……みたいな感じで」

「レベル高いねぇー」

ドーナツをかじりながら、恐らくはその甘さにしまむらが目尻を緩めた。私たちの間にはこれからたくさんのことを決めていくためのノートがあり、強い色合いの照明があり、お互いの飲み物があり、それから優しい笑顔があった。夢とか希望とか、そういうのを具体的なものにしたらこういう形になるのだろうと思わせる、温かい並びだった。

それとしまむらの傍(かたわ)らにはお土産用のドーナツが入った袋がある。そういうものが毎回あるのが今の私としまむらの大きな違いなんだろうな、と時々思う。私の側(そば)には、ドーナツの代わりに折り鶴。しまむらが時間の空いたときに紙を折って、こちらへ飛ばしてくれた。

駅構内のドーナツ屋で向き合って、それこそドーナツみたいに甘い夢のような話をする。

一緒にどう暮らすか、という。本当に大事で、心の浮き立つ話。

私としまむらはそういう話をする年齢になり、関係になっていた。振り返ると、右往左往して、泣いて、喜んで、一喜一憂の激しすぎた高校時代が夢みたいに思えてくる。あのときのたうち回ったり舌を嚙んだり寝不足で内臓が痛かったりした日々が今の肥やしになっている……多分。

まだ一緒に暮らすことを決めただけだ。そのためにやらないといけないことは、両手で数えきることもできないくらいにまとまっていない。引っ越しというのはやることもいるものもありすぎて、風呂敷をいくら広げてもすべてを包み込んで持っていける気がしなかった。

「どの辺に住むかは、お互いの就職先が決まってから絞っていく」

「うん」

しまむらがノートに、決めたことを一つずつ書き込んでいく。色々書いてはいるけれど、見返すことはないかもしれない。でも今、そうやって二人で夢を並べていくこと自体にきっと意味はあり、心が弾むのだろうと理解していた。

「寝室は二人一緒でいいよね」

「え、も、もちろんさぁ」

ちょっとどぎまぎする。そうか、二人で暮らすならしまむらと毎晩同じベッドで寝るのか。

想像して、ここが外じゃなかったら部屋の床を転がっているところだ。いやそれだけではない。寝室に限らず、同居が始まったらすべてがしまむらと隣り合わせなのだ。細かい生活の諸々すべてをしまむらと分け合うことになる。それはきっと、今まで見ることのなかったしまむらの一面や癖とも向き合うことになるだろう。

そこに不安はなく、胸に渦巻くのは飛躍めいた期待だけだ。

ちなみに私は、しまむらに嫌なものを見出したことは一度もない。本当にない、全肯定だ。だって、しまむらは美しいから。

心の中にある、綺麗なものを見たいって気持ちのすべてを満たす。それが私にとってのしまむらだ。すべてが満ちるということは、他の気持ちが入り込む余地がないということ。

私は昔から、好きなものというのがまったく見つからなかった。

こだわるものがなにもなかった。

でもしまむらは、そんな私を呆気ないほどに夢中にさせる。

ああ、私の好きなものはしまむらなんだなぁ、って実感させてくれる。

ずっと探していたものが、高校生のころに見つかってしまって。

そのときに私の人生というものは決まってしまったのかもしれない。

「食べないの？」

ずっと持っているだけで口をつけないフレンチクルーラーに、しまむらが目を向けてくる。

ドーナツも、そうだ。食べれば甘いとは思う。おいしいとは感じる。だけど、それを積極的に求める気持ちが芽生えたことはない。きっと私の心には、なにか、決定的なものが欠けている。

だけどしまむらは、そんな私にも優しく微笑んでくれるのだ。

その事実にふとしたときに気づいて、時々、一人で泣いている。

「あ、あーん」

差し出してみる。

「あらどうも」

しまむらはまったく照れる様子もなく首を伸ばして、フレンチクルーラーを一口かじる。逆に私がやられるときは大抵、首の筋を強張らされて痛めるのに。

「甘いっていうのはいいよね」

「え、うん」

フレンチクルーラーの味を幸せそうに噛みしめたしまむらが、同じ目、同じ表情で、私を見つめてきて。砂糖の甘さが、私の胸を焦がした。

二人で暮らしていくというのは物理的な意味合い以上に、心に響くものがあった。私の心にしまむらを住まわせることができたような、そんな到達した感覚があった。私にしまむらしかないように、しまむらにも、私をたくさん意識してほしい。

窒息するくらい、私で埋まってほしい。

しまむらさえいたら宇宙の果てで二人きりでも構わないし、逆にしまむらがいなかったら、私は居場所を求めない。探しに行く。失ったら、どこにでも、どこまでも。

それが星の煌めきの彼方でも、空の向こうの天国でも。

もちろん、そんなことにならないように、私は駆けていく。

しまむらとは、いつだって始まっていたい。なにかを見つけて、なにかを得て、始まって、一緒に進んでいたい。見つけるものは、得るものは、始まるものは勿論、しまむらについてだ。

しまむら以外のものに価値を見出すことは、結局できなかった。

私にとっての世界の壁と天井と床は、しまむらから伸びた輪郭で構成されていた。しまむらという世界の中でしか生きられないのが私だ。そこからどこにも行けないし、行かなくたっていいと認めてからの私は、間違いなく幸せだったと胸を張れる。誇ることができる。

「こういうのがずっと、続くといいよね」

私がそう言うと、しまむらはペンを置いて、指にうっすらできたその赤い痕を一瞥してから。

「そうだねぇ。今すごく、そういう気持ちだ」

吠えるようにぶつけてきた荒々しい好意が、こうもお互いを穏やかに行き来するようになって、口の端が震えた。言いたいこと、伝えたいことが光のように目の前を流れていく。

一つずつだ、とその粒を手のひらで受け止めていく。

一緒に住みたいと言ったとき、しまむらは少しだけ考えた後に、『それもいいね』と笑った。

私が夜、寝返りを打つだけで幸せな気持ちになれるのはその笑顔と柔らかい声をいつでも思い出せるからだった。

私としまむらだけの居場所。城。国。

体育館の二階に座っていた頃から、求めるものは同じだった。

私は、変わらない人間なのかもしれない。変化を拒むのかもしれない。

どうせなにも変わらないなら、心も、想いも、ずっと変わらないでいたい。

夢で作られた折り鶴が、今飛び立とうとしていた。

『青銅の時間があった』

『A＝B＝C』

居候している宇宙人の仕草を眺めていると、幼い頃の抱月と重なる部分がある。

つまり、娘は小さいときは宇宙人だった。

となると、産んだ以上は私も宇宙人だったのだ！

驚愕の事実に気づいてしまった。

そんな機密文書に記されてもおかしくない真実を旦那に言ってみたら。

「君は出会ったときからずっと宇宙人だよ」

洗った顔を拭くついでに告げて、旦那がすったか去っていく。

うーむ、とちょっと哲学な方面で意味を探ってから。

「ねぇねぇ、褒めてるー？」

返事すらなかった。

『その日暮らしの夢』

妻は竹の中からやってきた。

初めて遭遇したときのことであり、今でもよく覚えている。

妻の頭には、自分で差したのかと思うくらい葉っぱがついていた。

縁もゆかりもない、地元で有名なお金持ちの家の竹林を歩き回ったあげく、適当に出てきたとのことだった。そんなことを楽しそうに話す制服姿の彼女の横顔を、時折思い出す。

笑い方は、あのときからまったく色褪せていない。

心臓の下側を掬い上げてくるような爽快さを人に届ける、そんな快活さを持っていた。

あれから長い時が経って、今も彼女と暮らし、娘も二人と宇宙人が一人。

おかしなものだなぁと改めてしみじみしてしまう。

その娘は近々、一人家を出ていくのだが。

「ふむ……」

「お、どうしたどうした。つまんなそうだな」

こちらを見つけた妻が居間に入ってくる。妻も顔を洗ったのか、顎の周りが濡れていた。

「つまらないなら楽しくしてやろう」

「頼もしいよ」

大体の場合、妻の方が一方的に盛り上がって終わるけど。

妻が隣に座って、肩に腕をかけてにやにやとする。

「なになに、父さん木こりで食っていこうと思うんだくらいまでなら驚かないぞ」

「きみを驚かせた記憶が一度もないね、こっちには……いや、結婚を申し込んだときをちょっと思い出していた」

んー？　と妻の眉がやや寄る。

「甘酸（あまず）っぱい系かぁ」

うんうん頷（うなず）くついでに視線を外しては逃げ回っていて苦笑する。

何事にも物おじしない妻は、腰を据えての真面目な話が大の苦手だ。そのあたりは上の娘がそっくり受け継いでいる。妻の方は、娘の性格は私に似ていると言うのだが心当たりがない。

どちらかというと、大人しさは下の娘に継がれている気がする。

「アレルギー出ていそうなきみのために短く話すとだね」

「おぅおぅ」

「結婚の話を持ちかけたとき、それもいいねと受けてくれたのを、時々思い出すんだ。それで、も、の部分がね。他になにかあったのかな、と今でも少し気になってる」

妻には他にも心惹（ひ）かれるものが、道が見えていたのかもしれないと。

　そんなことを今更、どうにも引き返せるわけがない場所から振り返ってしまう。

　その妻が、大げさなほど首を傾げる。

「なにそれ」

「なにそれって言われちゃった」

「ちょっと待った。思い出すって、えーと……場所はぁ……夜景の美しいレストランだったね？」

　びっくりするほど覚えていないみたいだった。

「カルパッチョとか食べた？」

「いやもういいんだ」

「よくないが。他に……いやあれは高校のときの夢だから、違うか……」

　妻がぶつぶつと唇を動かしながら壁を睨んでいる。思い出せないだろうな、と確信していた。妻は人の名前を覚えるのも得意ではない。極めて友好的に接しているようでいてその実、他人にはそこまで関心を持っていないのかもしれない。

　過去と格闘すること数十秒、妻はいい笑顔で諦める。

「そのときに見た夢は、そのときの私のものだ。今の私のものじゃない」

「忘れました思い出せません、をよくもそこまで感動的に言えるものだ」

「ごめーんね」

「いや本当にいいんだ」

そのときの妻に色々な選択肢があって、その中から結婚を選んでくれただけで十分だった。

「あと抱月のことを考えてた」

「抱月？　うん抱月の話をしようしよう」

話題を変えてごまかせるから非常に前のめりだった。

「うん……」

抱月はもうすぐ家を出て、恋人と一緒に暮らしていく、そうだ。

恋人。娘の恋人。想像するだけでくらくらしそうな響きだが、しかも相手は同い年の女の子と来る。最初に聞いたときは驚いたものだが、娘が前向きに自分から動き、いつもにこにこして、声が弾んでいる。そういう相手と出会えたことはきっと、幸運なことなのだ。

しかし相手がどんな子かは知っているが、じっくり話したこともない。

父として、このまま見送るだけでいいのだろうか。

「向こうのお相手やご両親に挨拶とかしなくていいのかな。いや大げさかな……」

「ははぁなるほど、結婚相手のご両親への挨拶をやってみたいわけだ！」

誰もそこまで言っていない。しかも、やってみたいって。

妻にかかれば、その手のイベントは単なる好奇心である。

「よし、任せなさい」

妻がとても楽しいことを思いついたように、歯を見せるほど唇を曲げる。

今その日に見た夢を叶(かな)える、そう決めたときの妻の笑い方。

やっぱり今も、癖になる。

かくして娘は同居どころかなんか結婚することになり、ご挨拶も予定されてしまうのだった。

「しかしなに味のカルパッチョだったかな……」

食べてねぇって。

『背が伸びるにつれてって』

「水族館行こうぜ！」

食パンを半分かじったところで唐突に、お母さんがそんなことを言い出した。

「なぜ急に？」

「楽しい」

お父さんの疑問にも淡々と簡潔だった。こうなるとお父さんは「はぁそうかね」と真面目に問答するのを放棄する。こういう流れのとき、お母さんに敵(かな)う人はいない。

「何年か前に行きたいなって思ったのを今思い出した」

「水族館ですか」

パンの隅々までジャムを塗り終えたヤチーが、ほほぅほぅと頷(うなず)く。

「ヤチーは……行ったことないね」

「よくご存じですな」

ふまふまと、パンより柔らかそうなほっぺが上下する。

「魚のアパートみたいなものだとパパさんに教わりました」

「ま、そんなとこだ」

お母さんは適当に相づちを打っているけど、アパートというのは少し面白い表現だと思った。魚が入居したくて来たのかとか、そんなことはおいといて。

「明日他に予定ある人ー」

お母さんが伺うと、お父さんは「ないよ」と諦めたように少し笑う。わたしも「いいよ」と答えると、「うーむ」と唸(うな)るヤチーを無視して「じゃあ明日ね」と休日の予定があっさり決まるのだった。家族でどこかへ行くのも久しぶりなので、わたし自身、悪い気分ではなかった。魚を見るのは好きだし。今でも、家での小魚の飼育は趣味として続けていた。

「ネットでチケットを予約できるとか、かがくのちからってすげー」

洗い物を終えて、居間にやってきたお母さんが勢い良く座る。そして頬杖(ほおづえ)を突いてスマホを操作し始める。外した視線と指がお父さん、わたし、ヤチーと順番に数を確認していった。

「大人二枚と小中……」

スマホの上を動きかけた指がそこで止まり、お母さんがまた顔を上げてわたしを見る。

「そっか」

お母さんがわたしの頭を撫(な)でる。

「もうあんたも大人扱いか。デカくなったね」

高校生のわたしを改めて確かめるように、お母さんが目を細めた。

そうなのだ。

わたしは高校生になり、お父さんは白髪を気にして、お母さんの腕は少し細くなった。

そして、姉ちゃんは。

ふぅ、とお母さんが目を逸らして息を吐く。

「大人料金か……」

「あの、目の前でガッカリしないでくれない？」

ぬははは、とお母さんはまったく悪びれない。

「あんたは小学生で通すから年齢とか言わないように」

台所にこっそり向かおうとしていたヤチーが捕まり、軽々と引き寄せられる。

「言ったところで私みたいなの以外は誰も信じないだろうけどね」

お母さんの足下に収まったヤチーがじたばたあがくのを諦めて、大人しく座る。ヤチーの年齢は本人曰く、六百何十歳らしい。聞く度に数字が適当に変わっていくので、概ね六百歳くらいと思っていたらいいみたいだ。

わたしも嘘だとは思ってないし、何歳でもいいかと気楽に捉えていた。

ヤチーは、出会ったときから少なくとも見た目はまったく変わらない。

でもこの家でみんながその水色の髪に思うことは、きっと少しずつ変わっているのだった。

満杯寸前に見える駐車場に立つと、衣服と腕の隙間を風が忙しそうに叩く。

冬風は生き急ぐようにいつも駆け足だ。

水族館。最後に来たのは、いつだっただろう?

記憶の底までさらってみても、思い出が欠片も浮かばない。

そのヤチーにお姉さんぶろうとしたけれど、なんだ同じか、って笑いながら手を取った。

ヤチーだけど今日はラッコの格好をしていて、そのせいで水族館の催しの一つと思われているらしく、館内を少し歩くだけで写真撮影をお願いされたりしている。気軽にカシャカシャ撮られているけどいいのだろうか。そしてさも催しのスタッフのような顔と態度で一緒に写っているお母さんは流石だと思った。

「目立たぬように擬態したはずなのですが」

写真撮影のピースを終えたラッコちゃんがうーむと自分の姿を確かめている。普段の動物の着ぐるみもそういう理由だったんだ、と今知った。陸地を魚の格好で歩いたりしてなんの擬態になるのかは分からない。

「馴染んでるよ、とっても」

ある意味。

「やはりそうでしたか」

ほほほと笑うヤチーが可愛いので、手を引いて歩きながら笑った。

お母さんの後に付いて人混みに紛れて、大きな流れから少し外れるように特別展示室を経由してクラゲの様子を楽しんでから、人魚の海と呼ばれるコーナーに向かう。水族館の目玉であるジュゴンが泳いでいる水槽だ。やや薄暗い空間に、緑色の輝きが混じる。

水槽内の水もそのライトアップに応じて、穏やかな黄緑色に染まっていた。

ジュゴンはその小さな海を、細やかな魚の群れと共に静かに泳いでいた。

「ほほーぅ、これがジュゴンですか……」

「そうですぞ」

ヤチーがじーっと水槽を見つめて、ジュゴンを観賞している。いや観察といった様子にも見えた。それを見ていてこれは、近いうちにジュゴンの着ぐるみを見ることになるな、と予感した。

「あれ、お母さんが消えたよ」

さっきまで先頭を歩いていたはずのお母さんが、いつの間にか近くに見当たらない。

「急に土産コーナーに走っていったよ。抱月(ほうげつ)になにか買うそうだ。先に買っても荷物になるだけだと思うのだが」

「ふぅん……」

来たばかりで忙(せわ)しない、とお父さんは呆(あき)れながらもどこか楽しそうだ。

「きっとラッコまんじゅうやジュゴンせんべいですな」

名推理、とばかりにヤチーが得意顔で言う。ふふふとかも言っちゃう。こっちも軽く笑いつつ、姉ちゃんへの土産、というものに思いを馳せた。

昔は、姉ちゃんが家にいるのが当たり前だった。

お父さんとお母さんと、姉ちゃんがいて、それにヤチー。

テントの支柱みたいに、あの家の輪郭を形作って支えていた。ずっと、その形をとどめて、心地よい時間が続くのだと思っていた。そう考えてしまうくらいにはあったはずの時間が、今、手元には残っていない。

時間というのは、『いつまでも』を錯覚させながらするすると色んなものを盗み取っていくから、ずるい。

姉ちゃんはもう家にいない。本当に時々帰って来るときしか、顔を合わせることもない。これからこうやってみんなで水族館に行くとか、どこか食べに行くとか……そういう、家族っていうものに姉ちゃんが含まれることは、決してない。

そう意識すると、急に、わぁって叫び出しそうになって、でも隣のヤチーを抱っこしたらぐらぐらと崩れていきそうな気持ちが根っこを張ったように思えた。

「おやどうしました？」

高く持ち上げられたヤチーが、短い手足をぶらぶらさせる。その前髪が、水槽から届く緑と混じって深緑に色づいている。顔にかかる陰と合わさり、それでも、ヤチーはいつものままで。

家族なんて土台にありそうなものも、変わる。

目の前にあるものすべてが、なくなっていくことには逆らえない。

水族館も、ジュゴンも、世界も、いつかは消えて失われていく。

いつまでもがどこにもない、そんな世界で、でも。

「これからもヤチーは長く、ながーく生きるんだろうけど」

その果てさえあるか分からない、永遠の時間に。

わたしのいつまでもを、持っていってほしい。

「わたしたちのこと、覚えていてね」

わたしがいて、お父さんがいて、お母さんがいて。

姉ちゃんもいた、あの頃を。

「勿論(もちろん)ですぞ」

ヤチーが腕の中でぐるりと回り、こちらを向く。

そして、ほんのりと水色を宿す唇を緩める。

「大丈夫です。わたしはどこにでもいて、どこにでもあり、どうとでもありますから」

そう語るヤチーの目にはいつもの宇宙が収まり、広がり続けている。

星雲の紫と、空間の暗闇と、星の瞬(また)きが入り混じった瞳。

目は口ほどに、と言うけれど。

わたしたちが世界のすべてみたいに思っている、たくさんのルールのずっとずっと、ずっと遠くを物語っている。

だから、言葉の意味が全然分からないとしても。

大丈夫なのだ、きっと。

「じゃあ、安心だねぇ」

「ですぞ」

滑るようにくるるっと、ヤチーが水槽の方に向き直る。

そしてなにもかもゆるゆるに、二人でジュゴンを眺める。

ジュゴンは尾を穏やかに躍らせるように、その与えられた海の中でたゆたっていた。

『Imaginary, Symbolic,Real With the opening of the third eye』

#$$$#$#$#$#$#$#$$$$$$$###########$#$#$###$#$$$$#$#$###$#$###$$####$$#$$$$$$#$$$$$$$###$$$#$#$#$$$##$$$#$$$$$$$$$$$$####$#$#$#$#$#$#$#$#$#$#$####$# 現環境下での言語化対応。調整。完了。意識覚醒。同時に擬態眼球の正常な稼働を確認。眼球の回転を静止。外見の擬態も正常に動作中。空気の残留と濃度を確認。空間掌握。情報拡散に対応済み。移動距離確保。瞬時書き換えにも対応。気温湿度を確認。応じて頭髪の硬度を調整。体内の濃度の均一化終了。空気との接触時の抵抗処理。回線良好。高位性次元との接触完了。現存人類種把握。ママさんジム。パパさんお仕事。しょーさん学校。

「むむ、しまむらさんの気配」

発せられる双線固有波確認。距離把握。速度による推測終了。情報体を書き換え。完了。待機。待機。待機。待機。待機。待機。待機。待機。待機。待機。ぐぅ。待機。待機。待機。帰還を確認。お出迎えの挨拶。

「おかえりなさーい」

「ただいま。ちゃんと留守番してた?」

「バッチリですぞ」

「そーね、顔にまくらの痕ばっちりついてるね。えーと、サイか」

擬態中の頭部に接触。角ぷにぷに。

「おや、なにか持っていますな」

「持ってますねぇ、さてなんでしょう」

固有波の変化を確認。構成物純然把握不可。例外発生。順延。把握対象の変更。紙袋解析。構成物把握。ナトリウム。カリウム。マグネシウム。リン。鉄。亜鉛。銅。マンガン。ヨウ素。セレン。クロム。モリブデン。レチノール。葉酸。パントテン酸。ビオチン。炭水化物。アミノ酸組成によるたんぱく質。

回答ドーナツ。

「わー」

わわわー。

わーわーわー。

わぁぁぁぁぁぁぁぁぁぁぁぁぁぁぁぁぁぁぁぁあああああああああああぁぁぁぁぁぁああああぁあぁぁぁぁぁぁぁああぁぁぁぁぁぁぁぁぁぁぁぁぁあぁああぁぁぁぁぁぁぁぁあぁああぁぁぁぁぁあぁぁぁぁあぁぁああああああぁあぁあぁぁぁぁぁぁいああああああぁぁぁぁぁああぁぁああぁあぁぁぁぁああぁぁぁぁぁぁぁぁぁああああぁあぁぁあぁぁぁぁあぁぁぁぁい。

『そして……』

なぜこうなってしまったのだろうと考える。

いつの間にかそれが、生きるということになっていた。

疑問と鞄が肩をゆっくり揺らす。自転車から降りた足が不服を訴えるように、指先をちりちりとさせる。勢いよく離れていく自転車がガレージの脇に滑り込んでいった。そして壁にでもぶつかってきたように高速で跳ね返ったアレが、自転車の鍵とキーホルダーをぐるぐると回して鈴のようにその音を鳴らす。

その間に、いくつの溜息がこぼれただろう。

今日も、大きな何故？　が目の前にぶら下がっていた。

「らっしゃい！」

一緒に来たアレが、玄関に肩から飛び込んで立ち塞がってくる。

「……どうもほんじつはおせわになります」

「なに握りやしょう」

「いいから通して」

「へいらっしゃい」

「さよなら」

引き返そうとしたら、肩をがっちり摑まれた。

「せめて注文してから帰って」

「……そっちなの？」

ここまで自転車で往復してきたはずなのに、息も乱さないでアレは大笑いするのだった。

その日……そう、娘が家から出ていく日を間近に控えた頃。

冬の寒気に埋もれていた春のつぼみが、時々顔を見せるようになってきた時期に。

島村家に一泊することになっていた。

娘と一緒に。

……なんで？

娘と、一緒と、泊まる。首を傾げてしまう項目しか並んでいない。

電話がかかってきて相手したのは確かなのだけど、その話の流れと勢いがどういった形でそんな約束を私にさせたのか、本当に思い出せない。アレは息継ぎというものがないように喋り続けるので、とても覚えていられない。それなのに、そういう話をして最後は行くと自分から言ったのだけはちゃんと覚えているのだから、なんというか……自分の記憶を疑いそうになる。

そんなことを考えながら片膝を抱えて、ソファに座り込んでいた。娘は昼前には出て行ったけれど、私は、もっと後でいいだろう。それこそ夕飯でも済ませて、夜の九時くらいに行って布団(ふとん)にだけ入って寝て早朝に帰るつもりだった。

泊まるというところだけ満たせばいいだろう。そんなに抵抗あるなら、初めから断ればいいのに。いや、断った。何回もすげなく断った。でもなぜか最後は丸め込まれた。

アレは実は、とても怖い人間なのかもしれない。

そのアレから、催促の電話が当たり前のようにかかってくる。

『安達(あだち)ちゃんもう来たよ。桜華(おうか)もおいで』

『誰その典雅な名前の人』

『あれ違った？　えーっと……ハナちゃん！』

電話を切った。すぐにかけ直してくると見て電源も落とした。電話を置き、息を吐く。

なぜ私に絡(から)んでくるのか、以前に聞いたことがある。

友達じゃん？　と迷うことなく返されて、私はなにも言い返せなかった。

友達なのだろうか、と顎を手で支えながら目を細める。

今と違い、昔はそれなりに友達というものがいた。

あの頃の私はどういうものを感じて、この人は友達だ、と思っていたのだろう。

アレは私の知る人間というものの枠から逸脱しているので、なにかを感じる前に阻(はば)まる壁が多すぎた。

それから、少し経って。

ピンポーン。

じゃないのだけど。

誰が鳴らしたのか、確認するまでもなく感じていた。

吐息に合わせて、目玉がころころ逃げるように転がる。

無視していたら何度でも鳴らしそうなので、渋々玄関に向かって戸を開けると。

『こんちはーっ』

近所にまで響きそうなほどのアレの元気を前にして、言葉を失う。

『来る間に名前はちゃんと思い出したけどさ、ハナちゃんもそこまで悪くなくない？』

なにがそんなに楽しいのだろうと、声と笑顔の弾み方がただ、不思議だった。

『あなたって……』

『はいなにか』

『バカね』

『あはっ』

大人になって、見えない重しが増えたように動かなくなる中で。

その行動力には、見倣うべきものも少なくないのかもしれない。

私はしたくないから、しないけど。

自転車の二人乗りなんて、初めてしたかもしれない。感想としては、自分でこいでもいない自転車が前に進むので、少し落ち着かなかった。あと運転するやつがとにかく喋り続けるのでうるさかった。

「じゃあ………ハマチ」

「ハマチはー……あーすいませんさっき出たのが最後なんですよ」

「いいから早く入れて殺すぞ」

「ハマチがないだけで⁉」

ハマチはどうでもいい。

無駄が、無駄が多い。でもその無駄が楽しい人間もいるのだろうな、とアレを見ていると感じる。私からするとつい物騒な言葉が出てしまうくらい、疲れる。

「じゃ、改めていらっしゃい」

自転車の鍵を下駄箱の上の籠に戻しながら、アレが出迎える。

「……お邪魔します」

一応、こちらももう一度言っておいた。

「ハマチ好きなの？」

「べつに」

脱いだ靴を並べようとして、他の靴をじっと眺める。

桜の靴は、どれだったただろう？

あの子に買った靴の記憶が、中学校の入学式のあたりで止まっていた。

「早く上がってきなよ私の仲間たちぃ！」

「うるっさ……」

たちって誰だよ。

知らない靴の隣に揃えた自分の靴を一瞥してから、うるさいやつの背中を追った。お邪魔します、と小声で呟いたけれど、アレがうるさすぎてきっと誰の耳にも届かないだろう。

来たのがいつ以来か思い出せない、他人の家の廊下を歩く。

昼から人の家に来て、一体なにをしているというのか。

「部屋は二階ね。安達ちゃんと同じ部屋でいいでしょ？」

「えっ」

「上がって手前の部屋だから」

さぁ行けとばかりにアレが階段の手前で肩を押してくる。そうやって並ぶと、やや目線がずれる。アレの方が背は低い。もしも学校という環境で出会っていたら下級生と思うような……

そういえば、年齢差はどうなのだろう。相手の年齢なんて今まで気にしたこともなかった。

「あなたね」

娘と相部屋とか、どんな判断なのか。そう言いたくて視線を向けても、アレがきっぱりと首を振る。

「分からん。きみがなにを目で訴えたいのかさっぱり分からん」

「嘘つけ」

「ちゃんと言ってくれないと分かんない。なにかあればどうぞ」

平然と、堂々と。裏表という概念を破棄したようなアレの調子は、壁のように私を遮る。

言いたいこと。

喉の渇きと共に出て行こうとする。

でも開きかけた唇が、ぱりぱりと乾く音がした。

引き返してきた空気が喉の奥を擦り、咳き込む。

言いかけて、かき消された言葉。

それを口にしてしまえば、私は、本当に自分を嫌いになりそうだった。

なにも見えないくらい細めた目の中で、緑の光の描いた三角形が跳ねまわる。

「分からん!」

「もういいわ」

浅いのか深いのか分からない生き物だった。分かるのは、ああ、クソムカつくって純粋な気持ちの芽生えだけだった。これほどただ真っすぐ気に食わない心の働きは初めてだった。ざわめきとか悶々とか憂鬱とか波打つことのない、永遠に直線を描く、こんな気持ちは。

「本当にいいのかな?」

「くっそムカつく、バーカ」

「急に小学生になったよ」

怒りを原動力に階段を上っていく。本当になにをやっているのだろう、私は。

どうせ人のことをにやにやと見上げているのだろうと階段の途中で振り向くと、アレの姿は既に消えていた。いたらムカつくし、いないならそれはそれでムカッとした。語彙がムカつく以外大体失われるくらいに先鋭化されたこの気持ちをぶつける先がなく、仕方なくそれが溶けるまで深呼吸を繰り返す。

胸の奥まで冷やしきった後、大きく息を吐くと大概のことが馬鹿らしくなった。

娘のいる部屋へ入るなんて、いつ以来か。

同じ部屋にいること自体、家でもほぼないのに。

「……ああ」

額を手で覆って、こういうところなのか、と自嘲する。

奥の部屋で一度、小さな物音がして扉に向かいかけた手が止まる。手前の部屋、と言われたのを思い出してからもう一度扉に手を伸ばす。凍えているように縮こまる身体に合わせて、心も硬く冷たくしながら扉を開けた。

その小さな部屋は、空気が少しだけ埃っぽかった。

少し見回すと、部屋の隅に荷物と並んで、桜が座っていた。こちらを捉えた視線はすぐ伏せるように離れる。

「……こんにちは」

家をバラバラに出て、なぜか人の家の部屋で再会する。

こっちの頭と常識もバラバラになりそうだった。

微妙な距離を置いて座ると、早くも肌がぞわぞわしてきた。荷物を置いて、中身を確認するふりをして視線を外す。そうしていると、そそくさと中腰の娘が部屋を出ていって、賢いと見送った。仕事でもないのだ、苦手なやつと無理にいることはない。

たとえそれが、親であっても。

誰かと一緒にいたい気持ちと、あの家から出ていきたい気持ち。

桜は、どちらが強いのだろうと少し考えた。

扉の開く音が廊下から聞こえる。音に釣られて顔を上げると、尾にわずかな青色を残す鳥の格好をした子供が、恐らく奥の部屋からぺったぺった歩いてきた。小さな翼を広げているけどまったく飛ぶ様子はなく、その異質な髪の色はこの家との繋がりをまったく見いだせない。

「こんにちはーっ」

通り過ぎる際に目が合って朗らかに挨拶してくるので、「どうも」と分銅みたいな大きな疑問を前髪に吊り下げながら、小さく頭を下げる。下の子の友達……で、いいのだろうか？　まさかアレの娘とは思い難い。アレは、内面以外はそこまで異質ではなかった。

「……ねぇ、それなんの鳥？」

そんなことがふと気になって聞いてみる。

鳥は好きだった。多分、人間よりは。

ぺったぺったと背走する鳥が戻ってきて、部屋を覗く。

「ルリビタキですぞ」

「ああそうなの……」

二足歩行のせいで、どこかペンギンっぽい印象だった。

わー、と鳥の格好をした子供が走っていく。……あの子、この家のなに？　部屋から顔を出して覗いてみると、階段の前に下の子がやってきてがっちり捕獲して小脇に抱えて、どこかに運んで行った。

「……密漁」

おかしくないものの、少ない家だと思った。

私にとって、なにがあるのか分からない家だった。

行き場もやることも見つからないのでアプリで漫画を適当に読んで時間を潰していると、誰かが階段を上がってくる音がする。娘ではないだろう。子供のように軽くもないので、そうなるとそれが誰か、大体予想はついた。だから部屋の入り口なんて見ないで壁と見つめあっていると、人の気配が近くまで無遠慮にやってきた。無視していたら被害が酷くなることは学習済みなので、不承不承、そちらへ向く。アレがリンゴの載った皿を持って笑っていた。

「食べる？」

皿の上の中途半端な空白は、既に誰かが一つ手に取った跡を示すようだった。

「……じゃあ、せっかくだから」

電話の代わりに手にした、リンゴの瑞々しい冷たさを指先に感じる。かじると、程よい甘さが舌の上を流れた。水分を取っていなかったからか、口の中が果汁に沸き立つ。

重かった吐息が、その爽やかさに少し救われた気がした。

「独りぼっちじゃん。安達ちゃんに逃げられたな？」

「あの子が逃げてくれたの」

本質的には優しい子なのだ、きっと。

「知ってるよ。ちなみに安達ちゃんはうちの娘とイチャついてた」

「いちゃつくって」

でも、そういう関係なのだろう。……思うことはある。それは恐らく、親としては口に出すべき感想ではないのだろう。とうに親としての務めを全うできていない私が、なにを気にするのかとも思うのだけど。

しかしあの娘が、誰かと恋仲になっている。

……リンゴの味が、最後はよく分からなかった。

「ごちそうさま」

「うんうん」

側に座ったまま動く気配がない。

「リンゴ頂きましたけど」

「おいちかったねー」

「そうね、遠回しは無意味ね。帰れ」

「人の家にいるの、苦手なんでしょ？」

ものの見事に無視してきた。そこまで一切触れないで、ごく自然に自分の話題を切り出せるものだろうかとある種感心するほどに。あまりに人の話を無視することに慣れていた。

「苦手じゃない人の方が珍しいと思うけど」

「あはは、安達ちゃんそっくり」

なぜか嬉(うれ)しそうに私の肩を叩(たた)いてくる。そしてこちらがなにか言い返そうとするのを見越したように立ち上がり、言葉を途切れさせてくる。残っているリンゴをかじりながら、アレが言う。

「下でお茶でも飲まない？」

「今超忙しいの見て分かるでしょ」

「じゃあ上で飲むか」

「……行けばいいのね」

選択は既に場所についてに移っていたらしい。なんというか、色々諦めた方がアレとの付き合いで感じるやるせなさは減るようだった。どうして付き合っているのだろう、長々と。

かけてくる相手もいない電話を置いて、アレと共に一階に下りる。そして予想していた方向と逆に、アレが廊下の奥へと向かっていく。

「台所あっちじゃなかった？」

「まぁまぁ」

手招きしてくるアレを訝(いぶか)しみながら後についていくと、突き当たりの部屋の戸を、音を殺してそうっと、気配を窺(うかが)わせないように開けていく。

「なにやってんの？」

「覗(のぞ)き」

そのままだった。わずかに出来た隙間を覗いていたアレが振り向き、小声でこちらに言う。

「お見せしても大丈夫そうだからどうぞ」

「なんなの……」

場所を譲ってきたし、一目でも付き合わなければいけない空気になる。仕方なく、アレと同じように音を立てないようにして覗くと、アレと私の娘たちが見えた。思ってから、誤解を招きそうな表現になっていると思った。

アレの娘が広げた脚の間に、桜が座っている。甘えるように寄りかかりながら娘は穏やかに、笑っていた。他愛ない言葉を交わしながら、アレの娘と触れ合うことに心からの幸せを感じているようだった。

「……………………」

知らない顔だった。知らない娘だった。私と似たようにつまらない顔をしていた娘はそこにはいなかった。娘は別人のように色艶を帯び、アレの娘と共に二輪の花を咲かせていた。

笑い方を教えなかった娘が、自分で習い、いつの間にか自然に微笑んでいる。アレの娘にしか見せない顔。愛おしさで芽吹く花。溢れた熱が指先から滴り、床を溶かすように高まる。

そんな関係を、娘が私の前で紡いでいる。

多分、そうなのだ。

確信は生まれなかった。

私は、そんな風に笑う幸せを知らないので全部、想像のつぎはぎでしかなかった。

顔を引くと、アレが扉を慎重に閉める。二人はお互いに夢中で、こちらにまったく気づかなかったみたいだ。目が合ったら、それこそ花畑を踏みつける気持ちに陥っただろうから、それはいい。

でも私にこれを見せてなんなのだと、アレの目に問う。アレはただ笑う。

「娘が笑うとこ見たことないって言ってたから、あんな感じだよって」

「…………ああ、そう」

口に石でも含んだように硬く返事をして、引き返す。アレがいいことをしたとばかりに晴れやかな顔で隣に来て、それだけかと言いたげに私の顔を覗き込んでくる。

「おきづかいどうも」

「気にすんなよ、友達だろ？」

肘で気安く腕を押してくるので、溜息ついでに「死ね」と気軽に言ってしまった。

「やだ」

「もういい」

逃げたかったけどがっしり腕を鷲摑みにされていた。そのまま台所へ運ばれる。これで戻ってみれば台所に多勢集合していて、と想像していたけど幸い、誰も座ってはいなかった。幸いなのだろうか、それは。

暖まった台所は椅子に溢れていた。急遽用意したのであろう二つの椅子が流れからはみ出て、居心地悪そうにしている。私と娘の分の椅子は、この家での立ち位置を分かりやすく表していた。

「お好きな席にどうぞ」

「あなたと一番離れられる席はどこ？」

にこっと、アレが無言で冷蔵庫に近い椅子に座る。その対角の椅子を選ぶと、アレがにこやかなまま隣にやってくる。予想はついていたので別の椅子に移ろうとして、アレが追いかけてきて、と不毛な椅子取りゲームが始まった。

アレの行動が予測できていても、回避しようがない。

「一応聞くけど、楽しい？」

「いささか」

そんな程度の楽しみで人を追いかけまわすな。

「降参するから向かい側に座って」

「仕方ない、勝ったから許す」

意味が分からなかった。でも、こちらが譲歩したのはとても腹が立った。

アレが最初に座った席に着いたのを見て、向かい側に座る。つまり今のやり取りは丸々無駄だったのだ、と噛みしめながら待ってみたけれど、アレは座ったまま一向に動こうとしない。

「ちょっと?」

「ん?」

「お茶飲みに来たのだけど」

「あ、そうだった」

椅子取り遊びで満足でもしていたのだろうか。していそうだ、と思った。

アレがあらかじめ用意しておいたのであろうコップを流しの近くから持ってきて、こちらに差し出す。熱いだろうと予想して端を摘むように受け取ったそれは、指を濡らすように冷たかった。

「アイスコーヒー」

「いいじゃん、台所あったかいし」

「……まぁ、そうね。ミルク貰える?」

「へいお待ち」

牛乳パックをドンと置かれた。パックの中でなみなみ揺れるそれを手のひらで感じていると、向こうはドラ○もんと恐竜のイラストが描かれた透明なコップに、大麦色の液体を注ぐ。

「あなたのはそれ……麦茶?」

「コーヒーもいいけど、家で飲むならこっち」

氷を一つだけ入れて、アレがその色合いに満足するように目の高さまで掲げて眺める。

アレの過剰な明るさと落ち着きのなさのせいだろうか。

コーヒーよりは、麦茶の方が。

「似合ってる」

「褒めたか？」

無視して牛乳を入れた。牛乳パックを返すと、しまう前になぜか少し飲んでいた。

「カランカランコロンコロ」

「氷よりあなたがうるさい」

「氷なんかに負けてられないからね」

「そうがんばってね」

アイスコーヒーは無難においしい。飲食にはあまり関心を払う方ではなかった。

幼い娘に食べたいものは？　と聞いたら困った顔をされて、なにか言おうとしてでもなにも出てこないのが伝わる、そんな動揺を目の動きから感じ取って、こちらも戸惑ったのをよく覚えている。他のことを聞いても、娘は上手く答えられる子ではなかった。

それに辛抱強く付き合わなかったのは、私もそういう人間だから、そういうものだと納得してしまったせいだ。だから未だに、娘がなにが好きとかそういうことを一つも知らない。

娘との思い出は、こんなものばかりだった。

……ああ、でも、今は違うか。

娘の好きなものはさっき知った。今更なにも起こらず、私にはなにも関係なくて。だけどやっと、そんなことを知ったのだった。

「……それで？」

「ん？」

麦茶に浮いた氷を回して遊んでいたアレが、不思議そうにこちらを見る。

「話でもあったんじゃないの？」

「あると思う？　私に」

難しい質問だった。他愛もない雑談なら地球を一周するくらい繋げていきそうなアレなのだ。

「適当に話せって言ったらまぁ少しは付き合うけどね」

「少し？」

アレが麦茶を飲むことで人の疑問をついでに呑み込んでしまう。

「話ねぇ……あー、旦那……ま、後でいいか」

「旦那さん？」

「耳いいねぇ」

アレが髪を掻き上げて、露出した耳の端を摘む。なんとなく、その耳に視線が向く。他人の耳なんてこれまでろくに注目したこともないのに、なぜか吸い寄せられた。

「そうね。お陰で誰かの声がうるさくて仕方ない」

「じゃあそうだな、くだらない話でもしよっか」

アレが快活に笑う。くだらなさなんてどこにもないような、少し子供っぽい笑顔。

「…………」

普段は思わないけれど、こうして見ると。なかなか、悪くない顔の作りを意識する。

「この間、ジムで華ちゃんを追いかけてカルガモの真似したら蹴り返されたんだけどさ」

「なんで蹴った本人にその話をするわけ？」

前置きを裏切らないくだらなさだった。そして、華ちゃんを定着させようとする意志を感じる。生きてきた中で一度も呼ばれたことのないあだ名なので、抵抗感が強い。昔の友達は大体、あっちゃんと呼んでいた。でもアレは一切そんな発想はないみたいなので、そもそも友達ではなさそうだった。友達、んー、違う。違うな。じゃあ目の前のこいつはなんなのだ。

アレのお喋りは私を待たないで、どんどん進んでいく。いつものことではある。放っておいたらずっと一人で喋り続けて、私は必要ないだろうこれと呆れるばかりだ。でもそこに文句を言うとじゃあ聞くから喋ってと近くでずっと待ってくるので、私はもうなにも言わないでいた。

止まない雨みたいなお喋りを、傘も差さないでぼうっと、見上げるだけだ。

アイスコーヒーに口をつけて視界が動くと、その端にルリビタキが映る。忍び足で台所に入ってきて、冷蔵庫を目指すように動いている。アレも気づいているけど、見ていないふりをしているみたいだった。

足音を殺しながら翼をバタバタさせてこっそり歩くルリビタキが背中側を通ろうとするやアレが振り向き、首根っこを摑んで、「ぎゃー」台所の外に放り投げた。鳥は羽ばたかないのにいやに綺麗な放物線を描き、廊下に戻っていった。

「なに今の」

「ん、レクリエーション」

「わー」と諸手を上げて退散していくルリビタキの背中を見送る。あっちはあっちで楽しそうだった。

「……あなた、子供の相手は上手そうね」

「心が若いのだ」

「否定はしない」

少なくとも私よりは遥かに柔軟だ。

入れ替わるように別の足音が入ってくる。今度の相手は忍んでいない、アレの旦那さんだった。

「おっと」

旦那さんが私を見て、額でも小突かれたように立ち止まる。挨拶がまだだったので、深く頭を下げると、「いやどうも」と向こうも大きく会釈してきた。そして棚の周りを落ち着かないようにうろついてから、「どうぞごゆっくり」とすぐ去っていった。

「なんだあれは。おかしなやつだ」

「あなたにそんなこと言われたら屈辱的だと思う」

アレが棚の上へと目を細めて、「あー」と小刻みに頷く。

「ま、今日のところは見過ごしてあげよう」

「なにが？」

「おかしなやつだけに」

なっはは、と一人で笑っているアレは、もう本当に、人の質問にはほぼ無頓着だ。

正直言って、褒めるようなことではないし図々しいし鬱陶しいし、嫌いな人間の部類に入る。それなのに私は今一緒にお茶を飲んでいるし、いずれまたジムで会ったら結局、ああだこうだと話をするのだろう。感情と答えが一致していない。自分の心を上回るなにかを、アレが持っているとでもいうのだろうか。

アイスコーヒーを飲みきってから、じっと、その子供っぽい女を見つめる。

へんな生き物。

表現するなら、私にはそれ以外思いつかなかった。

「じゃあ私もこれで」

「えー」

「ご馳走様」

絡(から)まれる前に席を立って、大股で逃げた。

「夕飯期待しとけよー」

「はいはい」

手伝うべきだろうか、と振り向いたけどアレの笑顔を見つめるのが嫌だったのですぐに向き直った。笑うとき、アレはいつも心底楽しそうだ。それが多分、直視しづらい。

廊下では旦那さんが立ち止まって、上を向いていた。

「むむっ」

「ふふふ、見ていましたぞパパさん」

旦那さんの前に、さっき投げ飛ばされた鳥が軽やかに降り立つ。今、天井から落ちてきたように見えたけれど気のせいだろうか。

「ママさんに内緒でお菓子を持って行きましたな……?」

どうだどうだとばかりに、ルリビタキの翼が旦那さんの顔に伸びる。

旦那さんは握っていた手を観念したように広げて、スナック菓子を鳥に見せる。

ああ、棚の上から取っていったのはあれか。この鳥は一体、どこから見ていたのだろう。

「じゃあ、口止め料に半分ということで」

わー、と鳥が無邪気に諸手(もろて)を上げる。

「ご安心を。口は堅いですぞ」

「うーん……」

むにょっと横に引っ張られたルリビタキの頬はどこまでも伸びそうだった。

そうして旦那さんが大きな鳥の脇の下へと手を入れて持ち上げ、そのまま居間へと運んで行った。鳥は楽し気にバタバタ羽ばたいているけれど、流石に羽根は落ちないようだった。

「買収……」

居間以外も、一階の部屋はどこも物音が賑わしい。人がいても静まりかえっている私の家とは大違いだ。ああでも、娘は二階で時々叫ぶようになった。高校生になって、恐らくはアレの娘と出会ってからそんな変化が生まれた。人は、他人によって変わっていく。

私もアレに絡まれるようになってから、明らかに怒ることが増えた。

そして、脱力することも。

でもそれが大きな変化に繋がらないのが、良くも悪くも大人としての在り方なのだろう。年々柔軟性を失って、過去の経験だけで凝り固まっていく。

娘は今、どれくらい大人なのだろう。

賑やかなものを一つずつ拾っていくと、奥の部屋から娘の笑い声が聞こえてきた。覗かなくても娘の声だとは分かって、けれど笑ったらどんな顔になるのか、今日ここに来るまで知らなかった。

「なるほどね」

納得と、自嘲が肺を冷やした。

暖かさから距離を取るように階段を上がり、寒々しい空気を吸い込む。

二階の部屋に戻って一人きりになると、嫌なことに、少しほっとした。


日が暮れるのが早いことに焦りはなく、むしろ、安堵を覚える。

ああ一日が早く終わっていくと。

空が焼け広がるまで、娘もアレも鳥も部屋を襲撃してくることはなかった。

「ご飯でーすーよー」

ごめん嘘、鳥は来た。

ルリビタキが部屋の前をてってってと駆けていく。そして奥の壁にぶつかった音を立てながら引き返してきて、部屋を覗いてきた。

「ご飯です」

「は、はい」

行きましょー、とルリビタキに促されて、困惑を腰にくくりつけたまま立ち上がる。先を行く鳥の頭が楽し気に揺れるのを、夢に迷い込んだような気持ちで眺める。

階段を下りたところで、ルリビタキがこちらに振り向いた。

「安達さんに似ていますな」

身の上をなにも語っていない子供にまでそう思われることに、つい自分の頬を摘む。

「……そう？」

「ええ。波長など特に」

「波長……？」

不思議な鳥に導かれて階段を下り、光溢れる場所を目指す。

そこだけ見れば、随分と幻想的なものだった。

鳥が台所の光に飛び込んでいくのを見届けてから、不承不承、後に続く。みんな既に揃っているみたいだった。台所の入り口で先に座っている娘と目が合って、どちらが先か分からないけど顔を逸らした。逸らしても台所は明るい場所ばかりで、目が落ち着かない。

前にもこんなことがあり、そのときも思ったけれど、狭い。島村家の食卓に私と娘が加わると、あまりに手狭だった。この人数を許容できる空間ではない、色々な意味で。

娘は端の席に着いている。端を選ぶのが私の娘らしい。その隣にはアレの娘、その妹、ルリビタキが順番にテーブルを囲んでいる。娘は、桜は先ほど見た笑顔を引っ込めて、いつもの無表情を少し崩しただけの顔を俯かせている。どうやら私の知らない娘は、人前で見ることはできないものらしい。それなら私が今まで知らなくても不人情というわけではないな、とうそぶいた。

それぞれの席に並べられた皿からは、香ばしさに玉ネギを炒めた匂いが混じっていた。

「やっぱりこういうときはカレーだよね」

「なんで？」

「カレー好きだし」

こういうときとまったく繋がっていない。

「……好きそうな顔してる」

どんな顔じゃい、と言うアレを無視して空いている席を探す。と、腕を掴まれる。

「華ちゃんはー、私のとなりー」

「は？」

「ここだよ、ここ」

椅子の背もたれを叩いて指定してくる。端であり、娘と正面から向き合う席だった。

「おタバコ吸われますかぁ？」

「殴っていい？」

「そんなこと本当はできないいい子のくせに」

無理やり座らされる。娘と、アレの娘の真正面。居心地悪そうな娘に、アレの娘が苦笑いしながらなにごとかをささやいている。そうすると娘も少しだけ口元を緩めて、私の存在感が薄らいだようで、そのことに少し気が軽くなるのが、もう手遅れなのだろうと実感してしまう。

居心地は最悪だった。アレも、娘も、談笑もなにもかも。

今、楽に死ねるならそれもいいかと選んでしまいそうだった。

「ふふふ、今日はわたしも手伝いましたぞ」

「えらいじゃん。なにやったの？」

「今日はですね、ゆで卵の殻を剝きましたっ」

「へぇー」

得意げな鳥の頰も、殻を剝いたゆで卵みたいにつやつや、つるつるだった。

再現するように指をこねるルリビタキに、アレの娘たちが緩く笑う。最初に会ったときは歳相応の子供に見えた風貌が、少し背を伸ばして私たちに近づいていた。それはまだ、成長と呼べる歳の取り方だった。

「…………………」

ところで、そのゆで卵が食卓に一切見えないのは私がなにか見落としているのだろうか。中央の大皿に盛られたサラダにも、ゆで卵の姿はない。

まぁ、料理している間にアレがつい食べてしまったのかもしれない。

なんかそんな顔しているし。

「さっきから私の顔がそんなに好きかい？」

「概ね嫌い」

ふーんとアレが軽く流してしまう。反射的に言ってしまったけれど、別段、アレの顔に不満はなかった。他人の顔なんて大半がどうでもいいものなのだけど、とその横顔を見る。

……まぁ、嫌いではない、本当は。でも訂正すると調子に乗りそうなので口を噤んだ。

「ほら食べて食べて。いただきまーす」

アレが促して、全員がスプーンを手に取る。ルリビタキもちゃんと翼でスプーンを掴む。どうやって？

「わいわいみんなでご飯！　高校生に戻ったみたいで楽しいね！」

「知らない高校時代の話やめて」

うるさいから他の人に相手を任せようとしてもみんな、素知らぬ顔で食べ始めている。普段もこうしてアレが一方的に喋り続けて、家族は無視しているのだろうか。だとしたら、一々相手している私が間抜けなだけかもしれない。でも相手をしないと一生話しかけてくる。それを無視し続けられるほど、私の心は鍛えられていなかった。まだ適当でも話している方が楽だ。

「懐かしいなぁ、高校生。あの頃の夢はよく覚えてるよ」

「へぇ……どんなの？」

「ポケモントレーナーになりたかった」

人がせっかくだから聞いてやったのに、無邪気に爪で引き裂いてきた。

「…………へぇそうなの」

「その夢はそこまで叶わなかったんだけどね」

「そこまでってなに？」

少しは叶ったとでも言うのだろうか。

「華ちゃんの夢は？」

「華ちゃんって呼ばれないようにすること」

なっはは、と肩を小突かれる。こんな簡単な夢も叶わないくらいに、私の人生というものは努力が足りないのだろうか。絶望に浸りながらカレーを一口、確かめるように口に運ぶ。他人の手料理を味わうのは、本当にいつ以来だろう。

カレーは作ったやつの人間性ほどは騒がしくない、真っ当な味だった。

「大分甘口ね」

「そういうのが好きなのが家族にいてさぁ」

「そういう顔ね」

「まだ私って言ってねぇ」

私だけど、と大笑いするアレを見て去来する感情は、対岸を眺めるような気持ちにさせた。

問題は対岸だろうと遠慮なくその声や表情が伝わってくることだろうか。

「わたしもママさんの作ったカレーが大好きですぞ」

「お前はただ飯食らいだから文句言えないもんな」

返す言葉の皮肉さとは裏腹に、鳥の頭を撫でる手つきと声色は優しさに彩られている。……ルリビタキが当たり前のように着席してスプーンでカレーを食べている点を除けば、微笑ましいと言えなくもない。

「餌付け……」

アレと鳥のやり取りを動物園の柵の向こうみたいに眺めながら、正面の二人の様子も時々覗き見る。娘はアレの娘と会話を交わしていても、笑顔をもったいぶるように隠している。

居心地は、私と同じくさほどよいとは感じていないようだ。親子を感じさせるのは、いつだって肯定的には取りづらい後ろ向きなものばかりだ。

娘は人前では笑おうとしない。

桜の花は、二人きりのときにだけ咲くものらしい。

そして私がその春に辿り着くことは、きっと死ぬまでないのだろうと。

香辛料の風味と共に味わいながら、呑み込むのだった。

夕飯後は、アレの上の娘が巨大ルリビタキを摑んで、頭に載せる。肩車の形になった鳥がそのまま上機嫌に運ばれて行った。見る限り、一度としてその翼で飛んでいない。

「……で、結局なんなのあれは」

「きみは自分が何者か答えられるのかい？」

返事など期待していない独り言だったのに、肩に手と馴れ馴れしい声が乗っかってきた。

「きみは自分がなんであるか問われて答えられるほど、自分を知っているのかい？」

「なんかウザいのが来た」

もう胸の内に留める必要性を感じなくて直接言う。もちろん、その罵倒はウザさの前進を阻む微風にさえならない。

「ぼくはだれ～きみはだれ～意味も知らずに出会う～意味を～その～拳は～なんだ～」

「死んで」

「酷すぎる、私がなにしたって言うんだ」

余計なことばかりしている。

アレはまったく気に留めることなく台所に戻っていった。手と服の端が濡れていたので洗い物の途中だったらしい。少し立ち止まり、一応、台所に引き返す。

「手伝おうか？」

「んー、いーいー、すぐ終わるし。安達ちゃんと楽しく過ごしてなさい」

「無茶言わないでよ」

「娘と仲良くできないなんて、おかしなやつだねぇ」

「……おかしいのはあなたよ」

「なはなは」

「あなた」

「なは」

「お前」

「何回言うんじゃい」

珍しく、たまに、アレの言い分が正しくて、目を伏せそうになった。

時々、思う。私は母親になるべき人間ではなかったのだろうと。

でも私には今、確かに娘がいて。そのすべてをなかったことにできるほど、強くはなかった。

台所を後にして、どこに逃げようと考えながら洗面所の前を通ると、ルリビタキの抜け殻が落ちていた。ふむ、とつい屈んで触ってみる。羽毛が本当に入っているみたいに触り心地がよかった。この家の住人が触りたがるのも分かる。そこは分かる。他はなに一つ分からない。晩ご飯のときに見えた範囲だと、髪どころか歯もうっすらと水色に輝いていた。

その中身はどうやら、アレの娘とお風呂に入っているらしい。その光に相応しい、稚気と明るさに満ちた声が風呂場から聞こえてくる。うちの娘とは一緒に入らないのだな、と思って入るか、と思って、いや入るのか？　と思考が揺らぎ続けた。

改めて、娘の恋人という存在を意識すると頭が軋みそうだ。どんな気持ちで、どんな風に接しているのか。今日覗き見たあれが、きっと答えなのだろうと想像する。私には分からない。

私は、結婚はしたけれどそこに恋があったようには感じていなかった。夫の方はそういう意識もちゃんとあったのかもしれないけど、私は、そういうものだという流れに乗っていただけなのだと思う。だから結局破綻してしまった。いや、崩れるほどのなにかを建てられなかった。その残骸に娘と一緒に住んで、すべてが風化する前に子は遠くへ旅立っていく。

「めでたしめでたし……」

周りを見ないで適当に廊下に沿って歩いていくと、居間に辿り着く。覗くと、娘が居間にいた。体育座りで、余分なものを載せていない横顔で誰かと向き合っている。

アレの旦那さんだった。でも旦那はアレではない、多分。

私が入ってきたのを見て、娘が旦那さんに頭を大きく下げてからそそくさと出ていく。私もそれを止めることはなく黙って見送った。残された旦那さんに、一応言ってみる。

「お邪魔でしたでしょうか」

「いえ、話しておきたいことは済んだので」

声も容姿も穏やかな人柄そのままを示す、そんな印象を抱く。

アレとの落差が凄いけれど、夫婦で似る必要もなく。案外、これくらい対照的である方がいいのかもしれない。

「娘と話、ですか」

話題なんてあるものだろうか、と驚きを隠せない。

「んー……まぁ、一般的なことのような、そういうのですか。抱月と仲良く、楽しく過ごしてくださいと。言えることがそれくらいなので」

「はぁ」

どうぞどうぞと座布団の上に促されて、帰りづらくなったのでやむなく座ってみる。

娘とはまた違う形で、気まずい。

「一応、親同士の挨拶などせねばと」

へへぇ、と旦那さんが頭を下げてくる。こちらこそ、と釣られて頭を下げた。

下げてから、挨拶？　と内心で首を傾げる。

「そちらの娘さんと、うちの抱月が一緒に暮らすことになりまして」

「知っていますが……」

「これからの長い人生、辛いことも楽しいこともあるでしょうが共に乗り越えていけたらと……」

「な、なんの話でしょうか」

校長先生のご挨拶といった調子になってきた。本人も自覚はあるのか、バツが悪そうに仕切り直す。

どうも、口はそこまで達者ではないらしい。舌が永遠に回るアレが異常なだけか。

「二人が望んで暮らすのなら、親としては反対する理由もなくですね」

「はい……」

「私たちもそうでしたが、選んだ相手と仲睦まじく暮らしていければそれが一番なのだと思いますし、そう願っております」

私旦那と別れているんだけど、とは言いづらいので「そうですね」と相づちを打っておいた。

それが一番なのは間違いないのだから。

ははは、と旦那さんが私の沈黙を取り繕うように笑う。

「いえ……それだけ、言っておきたかったといいますか」

「なるほど……」

私に言っても仕方ないのだけど、なに、筋は通すというか。そういうものだろう、恐らく。

私の娘の人生、うちの娘と重なっていいのかというご確認だ。

それを決めるのも、否定するのも、私には許されることではないだろう。

旦那さんが、では失礼と中腰で逃げるように居間を離れていく。私が出ていくのに、と思いながら取り残される。テレビだけが饒舌なこの空間で、背中が隙間風に寒々しくなる。

まるで子供の婚前の挨拶みたいだ、と思った。

いや、そういう意図なのか。

アレが私を無理にこの家に呼んだのは、こういう挨拶の場を設けるためらしい。

「余計なことを……」

お節介とかそういう気持ちはほとんどなく、単に自分がやってみたかっただけなのだろうな、と疑うことなくそう思える。とても分かりやすく、そして意味が分からない行動を次々に取る。別の惑星の住人と身振り手振りでコンタクトを取っているような気分だった。

二階に戻ろうか悩み、つけっぱなしのテレビを消す。息を吐いた後にふと見ると、部屋の脇に動物の着ぐるみ……パジャマ？　が大量に揃えて置いてあった。あの怪しい子供の着替えだろうか、と少し観察してみる。色とりどり、種類万別。よくこんなにあるものだ、と感心する。

これだけで動物園が開けるのではないだろうか。

「動物園か……」

その中から象の着ぐるみを手に取り、少し昔の情景を思い起こす。

家族で動物園に行った日。誰が行こうと言ったのか。夫か、私か。娘は、ない。昔から自己主張の弱い子だった。動物を見てもほとんどなにも言わないし、興味があるのかもないのかも分からなかった。私に、そっくりだと感じていた。

それでも少しだけ心が動いたように見えたのは、売店のぬいぐるみコーナーを覗いたとき。

娘は象のぬいぐるみを欲しがっていたように見えた。

でも私は、欲しいと言われなかったから、買ってあげようとしなかった。

……今でも、他のことは忘れてもそれだけは一人でいるときに、時々思い出す。

あれが娘との、始まりと終わりだったのかもしれない。

人の気配がして振り返ると、入れ替わり、立ち替わりの続きが来ていた。今度はお風呂上がりの、アレの娘だった。誰かを探して入ってきた、といった雰囲気と足取りだった。恐らく、探し物は私の娘だろう。

「あ、どうもっす……」

アレの娘が中途半端に挨拶して、廊下を右往左往して、引き返そうとする。

その去り際に、言うべきことをやっと見つける。

「娘をお願いね」

声をかけるのが遅かったせいか、アレの子の返事はなかった。

押し付けるように託すだけだから、返事なんてない方が気楽かもしれない。

などと思っていたら。

「あの、別に安達の世話をするために、一緒に暮らすわけじゃないので」

急に戻ってきた子が顔だけ覗かせて訂正してくる。

驚きを目尻に溜めながら、ゆっくりと見上げると。

「わたしが暮らしたいから、暮らします」

「…………………」

半開きで宙ぶらりんの下唇が、その子の気持ちを塗ったように濡れた。

思えばこの子が私の前に立つときは、いつも桜のためであるような気がする。

私はその真っ直ぐな瞳に、なんと応えるべきなのか。

言葉で小突かれた頭が空っぽになって、すぐにはなにも浮かんでこなかった。

ようやくそれが浮かんだのは、床についていた手のひらがしっかりと暖まる頃だった。

「お幸せに」

「……はい」

私の安い祝福を受けて、アレの子がすーっと引いていく。遠ざかっていく足音が途中から速まるのを聞き取って、ふっと、息が漏れた。

言わずにはいられないと戻ってきたその勢いに、少し笑ってしまう。

肩が少し軽くなったのは、その迸る若さに中てられたからだろうか。

「頼もしいくらいね、若さって」

「やだなぁ、そんな歳違わないって」

なぜ毎回、独り言を拾ってくるのか。今度はアレが入ってくる。

「ん、違わないよな？　いや知らんな。華ちゃんって何歳？」

「華ちゃんって呼ぶのやめたら教える」

「なるほど私の二つ下かー」

教えてもらわなくていいや、などという妥協はせずに流してもいない電波を受信してきた。

しかもなんとなく当たっていそうな予感がするのがたまらなく嫌だった。

アレは左手にはグラスを、右手には缶ビールを摑んで私の前に座る。

「ビールいる？　結構前の貰い物だけど、うちだーれも飲まないからさ」

「……じゃあ、貰う」

普段、自分から飲むことはあまりない。水さえ飲んでいれば喉と心は満ち足りる。

でもその平穏を乱して干上がらせてくる侵略者がいるときは、アルコールが必要かもしれない。

缶のタブを引っ張り、まずは少し口をつける。記憶から消えかけていた苦みが、体内の乾いた部分にさぁっと染み渡った。少し背を伸ばすと、ちゃぷちゃぷと水面の揺れる音が聞こえた気がした。

「お風呂の順番もうちょっと待ってね」

「いいけど」

「ほーら私も麦茶だとそれっぽくない？　ビールっぽくない？」

麦茶入りのグラスを見せびらかして、氷をカラカラ鳴らしてくる。

「あなた、話題が本当にすぐ変わるのね」

「思いついたこと言ってるだけだし」

源泉かけ流し、とアレがアルコールでも入っているように陽気に笑う。お酒よりもこの人間性によっぽど酔って目が回りそうだった。

「あなたを見てると、強盗の話を思い出す」

「ワッツ?」

ハプン? とか続けてきた。うるさい。

「普段戸締まりとか気を配っているけど、強盗なら鍵なんて破壊して入ってくるだろうから、あまり意味がないかもねって話」

「まー、そうかもねー」

怖いねー、と腕を組んでうんうん頷いている。

「え、なんの話?」

「強盗が」

「もうちょっとファンシーな言い方で」

「大泥棒」

「そっちならよし」

アレが納得しそうな言葉選びが分かってきているのが嫌だった。

土足で踏み込むというより、勝手に庭で焚火でも始めていそうな、そんな図々しさが私を侵食してくる。アレはもう既に、私の心にテントくらいは張っているのかもしれない。

早くも温くなったように感じるビールに口をつけて、酔いで悪寒を少しでもごまかす。

「あなたの娘と少し話した。うちの娘と望んで暮らしたいんだって」

「知ってるけどなに、うちの娘はやらん！　とか言うか？　言っちゃうか？」

盛り上がるアレを無視して、吐露する。

「こんな言い方もなんだけど、桜と暮らしたい子なんていたのね」

そんな、親失格とも取れるような気持ちを、家を出ると聞いたときからずっと抱いていた。

そして、桜もそれに応える子だと思っていなかった。

だってあの子は、私に似ているから。

私は、なんとなくと流されて結婚して、子を生し、家庭を作り。

そして結局、今一人になろうとしている。それを望んでいる自分がここにいた。

「なんてこと言うんだきみぃ、きみきみぃ」

人の脇腹を突っついてくる。酒を飲んでいない方がよっぽど、素面とは思えない絡み方をしてくる。

「きっと桜には、いいところがたくさんあるんだ、と思っただけ」

そして私はそれを、誰かに語ることができない。なんと酷い親なのだろう。

私が知っている桜は、自分の後ろ暗い部分ばかりを受け継いだ子供で、ああ、自分を見ているようでだから避けてしまうようになったのかもしれないと、今更ながらに気づく。

「喜ばしい限りね」

誰かに、存在を祝福される。許される。共にありたいと願われる。

人が一生をかけて、手に入れられるかも分からないもの。娘はもうそこに辿り着いていた。それを知ることができて、私は、確信する。

これからも、これまでも、娘の人生に私は必要ない。

「あなたは？　孫の顔を見たいとか、そういうのは？」

「んー、別に。いるなら一緒に遊ぶし、いないならそれはそれで。前提じゃないでしょ、人間は。いるから関係が生まれる。生まれるためにいるわけじゃない」

「……ふぅん」

たまに真面目なことを言うものだから、アレの緩急に翻弄されるときがある。

「それにさぁ、生き物の本能ってつまるところなにかを残すって意思だと思うんだけどさ。それならたとえば不老不死のやつと出会って、そいつが私たちのことをずっと覚えているなら、十分なにかを残したんじゃないかって、そう思っちゃうわけ」

へぇっへっへ、となにかを見つけたように上を向きながら、アレが屈託なく笑う。

「だから私はこれで結構、満足だよ」

「……そういうものかもしれない。不老不死なんてあり得ないけど」

「はっはっは」

「笑うところあった？」

「いずれ分かる、いずれな」

「……ウザぁい……」

アレと話していると肩にかかる重力が増すのを錯覚する。つまるところ、面倒くさくなる。

「きっと今日のカレーの味も遠い未来まで語り継いでいかれることであろう」

「なんの話だか……」

面倒なのに、アレの言葉は、時折私を高い場所に引き上げる。

少量のアルコールにかき回されてか、余計なことが口をついて出る。

「私さ……」

「お、なんだなんだ」

「人と話していると、ああ、自分は人間が好きじゃないんだなって再認識する」

「暗いやつだなきみ」

「気を使ったり、顔色窺ったり……そういうのがとても面倒で」

「え、そんなこと毎回してるの？」

驚きぃ、とアレが目と口を丸くする。毎回どころか、常に他人の顔色など見ていないようなやつは言うことが違う。

「もっと自分本位に人と付き合いなよ。そうしたら、まず自分を好きになれるかもしれない」

「……そうかもね」

顔色を一切窺う必要のない、友達。

なるほど確かに、それはとても気楽なものかもしれなかった。

でもその素敵な響きに反して、まったく心地よくないのはどういうことだろうか。

「うちの旦那、挨拶したがってたけどもうした?」

「ええ。娘たちが結婚でもするような調子だった」

「ま、結婚みたいなものでしょ」

「……かもね」

私は自分の結婚式のとき、なにを思っていただろう。

目の前のアレがうるさすぎて、なにも思い出せない。

「しかしお酒が絵になるじゃないか」

「え?　ああ……そう?」

麦茶のグラスを左右にチャカチャカしているそっちも、それはそれで絵になっているけど。

「ちょっと貸して」と缶ビールを私から取ったアレが、目の高さにそれを掲げる。

「夜にお酒を静かに楽しむ大人……ってとこか。ひゅー、絵になるぅー」

「静か?　大人?」

「ピクチャ～」

「大人?」

「仕方ない試しにちょっと飲んであげよう」

「大人？」

人の疑問を徹底無視して、アレがビールに口をつける。

「あなた飲めないって前に言ってなかった？」

「ん？」

アレの眉が険しくなる。それを見て嫌な予感がして。

じゃあ逃げ出せばよかったのに、程よく回ったお酒が判断を鈍らせた。

「ほぅ」

一口飲んだアレが、ビール缶を口から離しながら首を傾げる。

「んー」

「なに？」

「どんどこ」

「は？」

こう、とアレがお腹のあたりをぐるぐる手で撫で始めたと思ったら。

「お？」

「あ」

色々言いたいことが色々言いたいことが色々言いたいことが。

ぐるぐると回る目の中で、行き場を失って駆けずり回る。

躍動と鼓動と悪寒が肌にびっしりと玉のような汗を生み出し、現実のネジを緩めて宙ぶらりんに仕立て上げる。素肌に生じるものとは裏腹に、意識は逃亡を試みたらしく他人事めいていた。

ぱぁっと、光が溢れる。

地面にひっついたような、土気色を含んで濁った光が。

私の元に届く。

その奔流は。

情緒とか。

儚さとか。

その日に微かに芽生えたものすべてを押し流して、ここに来たことを後悔させた。

ようするに。

ゲロを顔面にぶっかけられた。

「ごめんて」

「怒ってないから消えて」

「超怒ってるじゃん」

「もう布団入ってるのが見えないのあなた」

寝るからうるさいのはどこか行け、と丁寧に説明しなければいけないのだろうか。

拭いて、拭いて、拭いてお風呂に入り、なんとか後始末はついたように思う。

湯船に浸かっている間にふつふつと湧いた怒りは、上がって身体を拭いている間に消えてしまった。アレは風呂から上がった後もこうして、私の周りに引っ付いては謝っている。そして謝るついでにちょっかいも同数かけてくるのだから、なんの効果も伴っていない。

「明日お詫びしちゃうからさ、期待しといてよ」

「うわぁ超楽しみ」

説明しないと駄目みたいだった。溜息と共に目を開けると、指を弄りながらアレが困り笑いしていた。流石のアレも、少しは殊勝な気持ちというものがあるらしい。

「へい彼女、そのパジャマ素敵だね」

「ありがとう適当に褒めてくれて。あなたの方は大丈夫なの？　あんな少量で拒否反応起こしたのに」

「んー、なんかスッキリした」

「あ、そ」

無駄な心配をしてしまった。そしてそろそろ出ていけと手で追い払う仕草をしたら、部屋の中をぐるぐる回り出したのでなんかもう、死ねばいいんじゃないかと投げやりに思った。

「いやでも、今日すっげー楽しかったね」

「え？」

「え？」

向こうは絶対分かっていてやっているので、乗っかりたくないと思いつつ睨んだ。

「私は楽しかったけどな」

「あなたが楽しいと思ったとき、私は大体不愉快になってる」

「大体ってことは、それ以外は楽しかったね！」

「……あなた、無敵なの？」

前向き、後ろ向きとかそんなもの関係なく。

向いている方へただ走り続けるその姿勢に、戦慄めいたものを覚える。

生きることに、こんなに活力を伴っている人は初めて見た。

「楽しくはなかったけれど……でも久しぶりに、死ねって素直に思った」

素直になるということ自体、もう忘れそうな感覚なのだ。

「そういうのよくないと思うな！」

「夜中くらい静かにしたら？」

「ていうか私普段からけっこう言われてない？」

「言われるような生き方になにか疑問を感じたりしない？」

アレは肩を揺すり、笑うだけだった。笑うところがあっただろうか。

アレがようやく私から離れていく。でも油断ならないので、じっと見つめ続けた。でもこちらがそうして警戒しているときはすっと去っていくのがアレの生態で、そういう部分の空気を読むのは上手いのかもしれなかった。

「おやすみぃ」

「……………………おやすみ」

母親みたいに挨拶して消灯していく。就寝前の挨拶なんて、いつ以来か。

口数の少ない日常が、たった一人のせいで言葉の海に溺れそうになっていた。

酷い一日だった。締めくくりはそれを象徴しているようだった。

拭いてもまだ水気を残す髪の温度に、肌が震える。暗闇に順応してきた瞳で、天井の隅をぼうっと眺める。そうしていると暗がりにアレの声を聞いたように錯覚して、不愉快だった。

あれだけ話しかけられたら光が目に焼き付くように、残ってしまうものがあるのだろう。

苦しんでいると、扉を恐る恐るみたいに、慎重に開ける音がした。

「……もう寝てる……」

そんな桜の小声が聞こえて、少し悩み、口を開く。

「今布団に入ったばかり」

暗闇でも、桜の戸惑いと驚きが空気で伝わってくる。ぎこちないものしか生めない私たちのやり取りは、冬以外の季節を迎えることはなかった。寒さに震えて、耐えて、動かず。

なんの芽も植えようとしてこなかったのだから、当たり前かもしれない。

桜は無言で、隣の布団に収まる。

娘と並んで寝るなんて、いつ以来だろう。桜は小学生になってからはもう、自分の部屋で寝るようになっていた。私は部屋を与えて、桜に自由を提供するという建前で、距離を作った。

その距離が一切埋まらないまま、今夜だけは同じ部屋で目を瞑る。

次は絶対にないと言い切れる。なにしろ桜はもうすぐ、家を出ていくのだ。

一度家を出たら、桜はきっと、もう帰ってこないだろう。それはお互いの心情を汲み取る、正しい選択だった。私たちには、一緒に暮らす理由がもうなにもないのだった。

それをほんのわずか、哀れに感じながら。

でも、だから。

最後だと思えば、気持ちは少し軽くなった。

「桜」

返事を待たず、会話ではなく。

もう二度とこんな話をする機会もないのだろうと思うとそれは、遺言のようでもあった。

「あなたは私にとてもよく似ている」

美徳の少ない私に似てしまった、とても可哀想なあなたに。

「だから言っておく」

それでも、精いっぱいの母親らしさを届ける。

「私みたいにならないで」

母親として言いたいこと、伝えたいことはそれがすべてだった。

桜が、誰かと共に生きていけることを願う。

誰かを大切に思っていけることを祈る。

誰かに、愛されていけることを信じる。

すべてが、私と正反対であるということだった。

呼吸を忘れたように、耳に届く音が失われる。閉じた唇が少しかさついていた。色々なものが自分から隔絶されて、身体が浮いているように錯覚する。このまま息が止まってもなにも思うことはないのだろうと悟れるくらいの時間が経ったころ。

娘の声がした。

「わかった」

黙っていてくれた方が救われたのか、そう言われることを望んでいたのか。

破裂したように、溜めていた大きな息が漏れた。

横になっているだけなのに、走り切ったような、やり切ったような。

そんな気分がやってくる。

いつもは暗闇にじっと縮こまって、やっと眠るような気持ちなのに。

今日は少しだけ、明るい場所で眠れるような気がした。

大丈夫。

娘は私と別れて、きっと、春に行ける。

「…………ぐぇ」

枕に沈もうとする意識が他人の胃液の残り香に邪魔されて、やっぱり許せないと分かる。

明日なにか言ってやろうと考えながら、じっと、目を瞑(つぶ)って夜に溶けた。

◉入間人間著作リスト

嘘つきみーくんと壊れたまーちゃん
1〜11、『i』（電撃文庫）
電波女と青春男①〜⑧、SF版（同）
多摩湖さんと黄鶏くん（同）
トカゲの王I〜V（同）
クロクロクロック シリーズ全3巻（同）
安達としまむら1〜11（同）
安達としまむらSS（同）
安達としまむら99・9（同）
強くないままニューゲーム1、2（同）
ふわふわさんがふる（同）
虹色エイリアン（同）
おともだちロボ チョコ（同）
美少女とは、斬る事と見つけたり（同）
いもーとらいふ〈上・下〉（同）
世界の終わりの庭で（同）
やがて君になる 佐伯沙弥香について(1)〜(3)（同）
海のカナリア（同）

エンドブルー（同）
私の初恋相手がキスしてた1〜3（同）
探偵・花咲太郎は閃かない（メディアワークス文庫）
探偵・花咲太郎は覆さない（同）
六百六十円の事情（同）
バカが全裸でやってくる（同）
僕の小規模な奇跡（同）
昨日は彼女も恋してた（同）
明日も彼女は恋をする（同）
時間のおとしもの（同）
彼女を好きになる12の方法（同）
たったひとつの、ねがい。（同）
瞳のさがしもの（同）
僕の小規模な自殺（同）

エウロパの底から（同）
砂漠のボーイズライフ（同）
神のゴミ箱（同）
ぼっちーズ（同）
デッドエンド　死に戻りの剣客（同）
少女妄想中。（同）
きっと彼女は神様なんかじゃない（同）
もうひとつの命（同）
もうひとりの魔女（同）
僕の小規模な奇跡（アスキー・メディアワークス）
ぼっちーズ（同）
しゅうまつがやってくる！
-ラララ終末論。I-（角川アスキー総合研究所）
ぼくらの16bit戦争 -ラララ終末論。II-（KADOKAWA）

本書に対するご意見、ご感想をお寄せください。

ファンレターあて先
〒 102-8177　東京都千代田区富士見 2-13-3
電撃文庫編集部
「入間人間先生」係
「raemz先生」係
「のん先生」係

本書は書き下ろしです。

電撃文庫

安達としまむらSS

入間人間

◇◇◇

2023年11月10日　初版発行

発行者　山下直久
発行　株式会社KADOKAWA
〒102-8177　東京都千代田区富士見2-13-3
0570-002-301（ナビダイヤル）
装丁者　荻窪裕司（META＋MANIERA）
印刷　株式会社暁印刷
製本　株式会社暁印刷

●お問い合わせ
https://www.kadokawa.co.jp/（「お問い合わせ」へお進みください）
※内容によっては、お答えできない場合があります。
※サポートは日本国内のみとさせていただきます。
※ Japanese text only

※定価はカバーに表示してあります。

ISBN978-4-04-915346-0　C0193　Printed in Japan

電撃文庫　https://dengekibunko.jp/